WALTER DEAN MYERS

Monstro

Ilustrações de
Christopher Myers

Tradução de
George Schlesinger

wmf **martinsfontes**

SÃO PAULO 2017

A John Brendel
pela amizade de longa data

Esta obra foi publicada originalmente em inglês com o título
MONSTER
por HarperCollins Children's Books.

Copyright do texto © 1999, Walter Dean Myers
Copyright das ilustrações © 1999, Christopher Myers

Copyright © 2017, EDITORA WMF MARTINS FONTES LTDA.,
São Paulo, para a presente edição.

Todos os direitos reservados. Este livro não pode ser reproduzido, no todo ou em parte, armazenado em sistemas eletrônicos recuperáveis nem transmitido por nenhuma forma ou meio eletrônico, mecânico ou outros, sem a prévia autorização por escrito do editor.

1ª edição 2017

Tradução
George Schlesinger
Acompanhamento editorial
Fabiana Werneck Barcinski
Revisões gráficas
Beatriz Antunes
Lígia Azevedo
Edição de arte
Katia Harumi Terasaka
Produção gráfica
Geraldo Alves
Paginação
Moacir Katsumi Matsusaki

Dados Internacionais de Catalogação na Publicação (CIP)
(Câmara Brasileira do Livro, SP, Brasil)

Myers, Walter Dean
 Monstro / Walter Dean Myers ; ilustrações de Christopher Myers ; tradução George Schlesinger. – São Paulo : Editora WMF Martins Fontes, 2017.

 Título original: Monster.
 ISBN 978-85-469-0080-0

 1. Ficção juvenil I. Myers, Christopher. II. Título.

16-03824   CDD-028.5

Índices para catálogo sistemático:
1. Ficção : Literatura juvenil   028.5

Todos os direitos desta edição reservados à
Editora WMF Martins Fontes Ltda.
Rua Prof. Laerte Ramos de Carvalho, 133 01325-030 São Paulo SP Brasil
Tel. (11) 3293-8150 Fax (11) 3101-1042
e-mail: info@wmfmartinsfontes.com.br http://www.wmfmartinsfontes.com.br

monstro

A melhor hora para chorar é de noite, quando as luzes estão apagadas e alguém está levando uma surra e **gritando** por socorro. Desse jeito, mesmo que a gente fungue um pouco, eles não ouvem. Se alguém souber que **você está chorando**, vai começar a falar sobre isso e vai ser a sua vez de levar uma surra quando apagarem as luzes.

Há um espelho acima da pia de aço na minha cela. Ele tem 15 centímetros de altura e está riscado com os nomes de alguns caras que estiveram aqui antes de mim. Quando olho naquele pequeno retângulo, vejo **um rosto olhando de volta** para mim, mas não o reconheço. **Não parece** comigo. Não posso ter mudado tanto assim em alguns meses. Eu me pergunto se vou me parecer comigo mesmo quando o julgamento acabar.

    Hoje no café da manhã um sujeito levou uma porrada na cara com uma bandeja. Alguém disse alguma besteira e outro cara ficou enlouquecido. Havia sangue por todos os lados.

    Quando os guardas chegaram, mandaram a gente formar uma fila contra a parede. Fizeram o cara que levou a porrada se sentar à mesa, enquanto esperavam outro guarda trazer as luvas de borracha. Os guardas calçaram as luvas, algemaram o sujeito e o levaram para a enfermaria. **Ele ainda sangrava muito.**

    Dizem que a gente se acostuma à cadeia, mas não entendo como. Toda manhã eu acordo e fico surpreso de estar aqui. Se a vida lá fora era real, então aqui dentro é exatamente o contrário. **Dormimos** com estranhos, **acordamos** com estranhos e **vamos ao banheiro na frente de estranhos.** São estranhos, mas mesmo assim acham **um jeito de machucar-se uns aos outros.**

    Às vezes me sinto como se tivesse entrado no meio de um filme. É um **filme estranho, sem enredo e** sem começo, em preto e branco e granulado. Às vezes a câmera chega tão perto que a gente não consegue dizer o que está acontecendo, só escuta os sons e imagina. Eu já assisti a filmes de prisão, mas nunca como este aqui. Não é sobre grades de ferro e portas trancadas. É sobre estar sozinho quando não se está realmente sozinho e ter medo o tempo todo.

    Acho que para me acostumar com isso aqui vou ter de desistir daquilo que penso ser real e colocar outra coisa no lugar. Gostaria de poder dar algum sentido a tudo isso.

    Talvez eu possa fazer o meu próprio filme. Poderia escrevê-lo e encená-lo na minha cabeça. Poderia cortar as cenas como fizemos na escola. O filme seria a **história da minha vida.** Não, não da minha vida, **mas desta experiência.** Vou anotar no caderno que eles me permitem ter. O título do filme será o tal nome pelo qual a promotora me chamou:

MONSTRO

Segunda-feira, 6 de julho

Monstro!

FADE IN: INTERIOR: De manhã cedo na CELA DO BLOCO D, CENTRO DE DETENÇÃO DE MANHATTAN. Câmera percorre lentamente um corredor cinzento e sombrio. Gritos de detentos de uma cela para outra; muitas das palavras são obscenas. A maioria das vozes é claramente de negros ou hispânicos. Câmera para e se vira devagar para uma cela.

INTERIOR CELA: STEVE HARMON, 16 anos, está sentado na borda de uma estreita cama de metal com a cabeça entre as mãos. Ele é magro, de pele marrom. Sobre a cama, ao seu lado, estão o terno e a gravata que vai vestir no tribunal para o começo de seu julgamento.

CORTA PARA: ERNIE, outro preso, sentado na privada, calças arriadas.

CORTA PARA: SUNSET, outro preso, vestindo uma camiseta.

CORTA PARA: STEVE, puxando o cobertor sobre sua cabeça enquanto a tela vai escurecendo.

VOZ EM OFF (V.O.)

Não adianta cobrir a cabeça com o cobertor, cara. Não dá para cortar isso fora; isto é a realidade. Este é o mundo real.

V. O. do PRESO anônimo explicando como o Centro de Detenção é o mundo real continua. Enquanto ele fala, surgem palavras na tela, da mesma forma como nos créditos de abertura do filme *Star Wars*, subindo na tela e encolhendo até virar só uma mancha antes de desaparecer no espaço.

Monstro!
A História da Minha
Vida
Miserável

Apresentando
Steve Harmon

Produzido por
Steve Harmon

Dirigido por
Steve Harmon

(Créditos continuam passando)

A incrível história
de como a vida de um
sujeito foi virada de cabeça
para baixo devido a alguns
acontecimentos e como ele pode
passar o resto dela
atrás das grades.
Narrada como
de fato
aconteceu!

Escrito e dirigido por Steve Harmon

Com a participação de...

Sandra Petrocelli
como a Dedicada Promotora

Kathy O'Brien
como a Advogada de Defesa sem Convicção

James King
como o Bandido

Richard "Bobo" Evans
como o Dedo-duro

Osvaldo Cruz, membro dos Diablos,
como o Pretenso Valentão

Lorelle Henry
como a Testemunha

José Delgado...
ele achou o corpo

E apresentando
Steve Harmon, 16 anos
como o Garoto Julgado por Assassinato!

Filmado no Centro de Detenção de Manhattan

Cenário, algemas e roupas da prisão criadas pelo estado de Nova York

V. O.

Ei, Harmon, vai comer alguma coisa? Vamos lá, pegue o seu café da manhã, cara. Vou pegar seus ovos se não quiser. Vai querer?

STEVE (desanimado)

Não estou com fome.

SUNSET

O julgamento dele começa hoje. Ele está se preparando para o grande momento. Sei como se sente.

CORTA PARA: INTERIOR: VAN DO DEPARTAMENTO CORRECIONAL. Pelas barras na traseira da van, vemos gente tratando de seus assuntos no centro de Nova York. Há homens coletando lixo, uma guarda de trânsito gesticula para um táxi virar a esquina, estudantes a caminho da escola. Pouca gente nota a van enquanto ela percorre seu trajeto do CENTRO DE DETENÇÃO para o TRIBUNAL.

CORTA PARA: PRESOS, algemados, saindo do fundo da van. STEVE está levando um caderno. Veste o terno e a gravata que vimos em cima da cama. É visto apenas de passagem ao ser conduzido através das pesadas portas do tribunal.

FADE OUT enquanto o último preso da van entra pelos fundos do tribunal.

FADE IN: INTERIOR DO TRIBUNAL. Estamos numa pequena sala usada para entrevistas detento-advogado. Um guarda está sentado à escrivaninha atrás de STEVE.

KATHY O'BRIEN, advogada de STEVE, é uma mulher pequena, ruiva e sardenta. Ela é bem objetiva ao falar com STEVE.

O'BRIEN

Quero ter certeza de que você entende o que está se passando. Tanto você quanto esse tal de King estão sendo julgados por homicídio qualificado. Homicídio qualificado é o mais sério que há. Sandra Petrocelli é a promotora, e é boa. Eles estão pedindo pena de morte, o que já é bem ruim. O júri pode pensar que está lhe fazendo um grande favor se lhe der prisão perpétua. Então é melhor levar este julgamento muito, muito a sério.

Quando estiver na sala do tribunal, fique sentado e preste atenção. Faça o júri saber que você considera o caso tão sério quanto eles. Não se vire nem fique acenando para seus amigos. Tudo bem cumprimentar sua mãe.

Agora tenho que ir conversar com o juiz. O julgamento vai começar daqui a alguns minutos. Há alguma coisa que você queira me perguntar antes de começar?

STEVE
Você acha que vamos ganhar?

O'BRIEN (séria)
Depende do que você quer dizer com "ganhar".

CORTA PARA: INTERIOR SALA DE ESPERA. Vemos STEVE sentado na ponta do banco. Na parede oposta, vestindo um terno de aspecto desleixado, está JAMES KING, 23 anos, o outro homem sendo julgado. KING parece mais velho que sua idade. Ele dá uma olhada dura para STEVE e vemos STEVE desviar o olhar. Dois GUARDAS estão sentados a uma mesa afastada dos presos, que estão algemados. A câmera enquadra os GUARDAS num PLANO MÉDIO. Estão tomando café da manhã em bandejas de alumínio descartáveis, comem ovos, salsichas e batatas. Uma ESTENÓGRAFA negra serve café para si e para os GUARDAS.

ESTENÓGRAFA

Espero que este caso demore duas semanas. Com certeza saberei o que fazer com o dinheiro.

GUARDA 1

Seis dias — talvez sete. É um caso de mera formalidade. Eles passam por isso, depois são trancafiados.

(Vira-se e olha para a câmera na direção de STEVE.)

Não é isso, espertinho?

CORTA PARA: STEVE, que está sentado num banco baixo. Está algemado a um ferrolho preso ao banco. STEVE desvia os olhos do GUARDA.

CORTA PARA: PORTA. Ela se abre, e o OFICIAL DE JUSTIÇA olha para dentro.

OFICIAL DE JUSTIÇA

Dois minutos!

CORTA PARA: GUARDAS, que apressadamente terminam o café. A ESTENÓGRAFA leva sua máquina para a SALA DO TRIBUNAL. Eles tiram as algemas de STEVE e o conduzem em direção à porta.

CORTA PARA: STEVE sendo levado a sentar-se a uma mesa. Em outra vemos KING e dois advogados. STEVE está sentado sozinho. Uma guarda fica atrás dele. Há um ou dois espectadores no tribunal. Entram mais quatro.

CLOSE-UP de STEVE HARMON. O medo no seu rosto é evidente.

PLANO MÉDIO: As pessoas estão se aprontando para o começo do julgamento. KATHY O'BRIEN senta-se ao lado de STEVE.

O'BRIEN

Como você está?

STEVE

Estou com medo.

O'BRIEN

Ótimo; deveria mesmo. Em todo caso, lembre-se do que conversamos. O juiz vai considerar uma moção que o advogado de King fez para suprimir o testemunho de Cruz, e algumas outras coisas. Steve, deixe-me dizer para você qual é a minha tarefa aqui. Minha tarefa é garantir que a lei funcione a seu favor tão bem quanto contra você, e fazer de você um ser humano aos olhos do júri. A sua tarefa é me ajudar. Qualquer pergunta que tenha, anote e eu tentarei responder. O que você está fazendo aí?

STEVE

Estou anotando tudo isso como se fosse um filme.

O'BRIEN

Seja lá o que for, assegure-se de estar prestando atenção. Muita atenção.

V. O. (GUARDA DO TRIBUNAL)

Todos de pé!

O JUIZ entra e se senta na sua cadeira. Ele é alto e magro. Passa os dedos por mechas de cabelos brancos e lança um olhar sobre a SALA DO TRIBUNAL antes de se sentar. É um juiz de Nova York, tem 60 anos e já parece entediado com o caso. O GUARDA DO TRIBUNAL faz um sinal para que as pessoas se sentem.

JUIZ

A promotoria está pronta?

SANDRA PETROCELLI, a promotora, levanta-se. Está vestindo um terninho cinza. Tem um ar sério e ao mesmo tempo é atraente. Seus cabelos e olhos são escuros.

PETROCELLI

Estamos prontos, Excelência.

JUIZ

Defesa?

ASA BRIGGS, advogado principal de defesa de **JAMES KING**, levanta-se. Veste um terno azul-marinho e uma gravata azul-clara. Seus olhos também são azuis e o cabelo, branco.

BRIGGS

Prontos.

O'BRIEN

Pronta, Excelência.

JUIZ

Muito bem. Estou decidindo que o testemunho do garoto é admissível. Podem trazer suas moções relativas a essa decisão hoje à tarde ou no intervalo, se houver. Todos tiveram um bom feriado de quatro de Julho?

BRIGGS

O churrasco de sempre e um jogo de beisebol que me fez lembrar que eu já não posso mais correr.

O'BRIEN

Com todos aqueles fogos de artifício, é o feriado que eu menos gosto.

JUIZ

Façam entrar o júri.

CORTA PARA: OFICINA DE CINEMA na Escola de Ensino Médio Stuyvesant. Um filme numa pequena tela acaba de terminar. Era um projeto de classe, e a câmera é tremida. Assistimos a uma menina afastando-se lentamente. A tela escurece, depois fica um branco ofuscante e então volta ao normal, enquanto as luzes se acendem.

Vemos o sr. SAWICKI, mentor do clube do filme, e nove ALUNOS, vestidos informalmente.

SAWICKI

Numa competição em festival, o final teria estragado esse projeto, mas fora isso é interessante. Algum comentário?

STEVE levanta a mão; tem aparência muito próxima da que exibe no tribunal.

STEVE

Eu gostei do final.

SAWICKI

Eu não diria que é ruim, mas previsível, não? Você tem que prever sem ser previsível. Sabe a que estou me referindo? Quando você faz um filme, deixa uma impressão nos espectadores, e eles servem como uma espécie de júri. Se você fizer um filme previsível, eles já vão ter tirado suas conclusões muito antes de terminar.

CORTA PARA: SALA DO TRIBUNAL. Vemos os **JURADOS** entrando e tomando seus lugares.

STEVE (para a advogada)

Você acha que eles são bons?

O'BRIEN

São eles que temos como júri. E precisamos lidar com eles.

CORTA PARA: PLANO GERAL de PETROCELLI. Ela se põe de pé no pódio, diante do JÚRI. Sorri para os JURADOS, e alguns sorriem de volta.

PETROCELLI

Bom dia, senhoras e senhores. Meu nome é Sandra Petrocelli e sou advogada assistente da Promotoria do Estado de Nova York. Estou representando o povo neste processo, que, segundo foram informados durante a escolha do júri, é um caso de homicídio qualificado. Estamos aqui hoje basicamente porque não vivemos num mundo perfeito. Os fundadores do nosso país compreendiam isso. Sabiam que haveria ocasiões e circunstâncias nas quais a nossa sociedade seria ameaçada por atos individuais. Esta é uma dessas ocasiões. Um cidadão da nossa cidade, um cidadão do nosso estado e do nosso país, foi morto por pessoas que tentaram assaltá-lo. Para salvaguardar a nossa sociedade, foi criado um sistema de leis. Vocês, o júri, são parte desse sistema. Eu represento o estado de Nova York e sou parte desse sistema, assim como o juiz e todos os envolvidos neste julgamento. Farei o meu melhor para trazer os fatos desse caso, e sei que os senhores farão o seu melhor para julgar seus méritos.

A maioria das pessoas da nossa comunidade é de cidadãos decentes, que trabalham arduamente para perseguir seus próprios interesses de maneira legal e sem infringir os direitos de outros. Mas há também monstros — pessoas que estão dispostas a roubar e matar, pessoas que desrespeitam os direitos dos outros.

Em 22 de dezembro do ano passado, aproximadamente às 4 horas da tarde, dois homens entraram numa loja de conveniência na rua 145, no Harlem. O estado argumentará que um desses homens era Richard "Bobo" Evans. O estado argumentará que o outro homem que entrou na loja naquela ocasião, e que participou do assalto e do assassinato, era James King.

PETROCELLI aponta para a mesa onde está sentado JAMES KING.

O sr. King é o homem sentado do lado direito daquela mesa, trajando um terno marrom. Os senhores foram apresentados a ele durante o processo de seleção do júri. Ele é um dos homens julgados aqui hoje. O propósito de dois homens entrarem na loja naquela segunda--feira era muito simples. Eles iam assaltar o proprietário, Alguinaldo Nesbitt, de 55 anos. Nós mostraremos que, embora os dois homens não levassem uma arma consigo, o proprietário da loja possuía uma arma, para a qual tinha licença, e a sacou para defender sua propriedade.

O sr. Evans, que participou do assalto, testemunhará que houve uma briga que resultou no disparo da arma e na morte do sr. Nesbitt. O sr. Nesbitt tinha todo o direito de defender sua propriedade, todo o direito de não ser assaltado. Todos nós temos esse direito.

Além disso, há evidência de que antes do assalto houve um plano, ou conspiração, para assaltar a loja. O sr. Evans e o sr. King deveriam entrar e executar o assalto propriamente dito. Outro membro do grupo que planejou esse crime deveria ficar do lado de fora da loja e impedir que alguém atrapalhasse os assaltantes. O rapaz encarregado dessa tarefa testemunhará sobre seu papel no caso. Ainda outro dos conspiradores desse assalto que deixou um homem morto deveria entrar na loja antes para fazer uma verificação e garantir que não havia polícia dentro da loja. Para garantir que a área estava limpa, como dizem.

Dois dos conspiradores darão seu testemunho sobre esse fato. O homem que devia entrar na loja e fazer a verificação está sentado ali na outra mesa. Seu nome é Steve Harmon.

CORTA PARA: STEVE HARMON. Em seguida: **CLOSE-UP** do bloco a sua frente. Ele está escrevendo a palavra "monstro" repetidas vezes. Uma mão branca (de O'BRIEN) tira o lápis da sua mão e risca todos os "monstros".

O'BRIEN (sussurrando)

Você precisa acreditar em si mesmo se quisermos convencer o júri de que é inocente.

CORTA PARA: PLANO MÉDIO de PETROCELLI

PETROCELLI

Um perito médico testemunhará sobre a causa da morte, mostrando que o ferimento do tiro foi fatal. Mesmo que tenha sido disparado pela arma do sr. Nesbitt, não foi ele quem causou a própria morte. Não foi um suicídio. Essa morte foi resultado direto do assalto. Falando de forma simples, é um caso de assassinato. E, além disso, um assassinato cometido durante um ato criminoso. Será mostrado que os dois réus que vocês estão vendo aqui participaram desse ato e estão sendo julgados pelo crime de assassinato. Mais adiante, o juiz lhes dará as instruções sobre como considerar a evidência apresentada. Mas não há nenhuma dúvida na minha mente, e acredito que no final do julgamento haverá pouca dúvida na dos senhores de que estes dois homens, James King e Steven Harmon, participaram do assalto que causou a morte de Alguinaldo Nesbitt. Obrigada.

CORTA PARA: PLANO GERAL da SALA DO TRIBUNAL. O'BRIEN está no pódio da defesa.

CORTA PARA: MÃE DE STEVE, num banco de madeira nas galerias, escutando atentamente. Ela parece preocupada.

O'BRIEN

O estado diz corretamente que as leis de uma sociedade fornecem proteção para seus cidadãos. Quando um crime é cometido, é o estado que deve aplicar a lei de uma maneira que ofereça reparação e que leve as partes culpadas à justiça. Mas as leis também protegem o acusado, e essa é a maravilha e a beleza do sistema americano de justiça. Nós não arrastamos pessoas para fora de suas camas no meio da noite e as linchamos. Nós não as torturamos. Não as surramos. Nós aplicamos a lei igualmente para ambos os lados. A lei que protege a sociedade protege toda a sociedade. Neste caso mostraremos que a evidência a ser apresentada pelo estado está seriamente comprometida por falhas. Mostraremos que não só existe lugar para uma dúvida razoável — e os senhores ouvirão mais sobre essa ideia no fim deste julgamento —, mas que a dúvida de que Steve Harmon tenha cometido um crime, qualquer crime, é esmagadora.

Como advogada do sr. Harmon, tudo o que peço de vocês, o júri, é que olhem para Steve Harmon agora e lembrem-se de que neste momento o sistema americano de justiça exige que o considerem inocente. Ele é inocente até ser provado culpado. Se o considerarem inocente agora, e por lei devem fazê-lo, se não o tiverem pré-julgado, então não creio que teremos problema em convencê-los de que nada que o estado possa apresentar questionará essa inocência. Obrigada.

CORTA PARA: BRIGGS.

BRIGGS

Bom dia, senhoras e senhores. Meu nome é Asa Briggs, e defenderei o sr. King. A srta. Petrocelli, representando o estado, apresentou este caso em termos muito amplos e grandiosos. Mas em breve verão que suas testemunhas-chave estão entre as pessoas mais interesseiras e impiedosas que possam existir. Algumas delas começarão seu testemunho jurando serem criminosas. Os senhores terão a desagradável tarefa de escutar gente que cometeu crimes, que mentiu e roubou, e em pelo menos uma instância admitiu ser, e deixem-me enfatizar isto, um assumido cúmplice de assassinato. Mas no final terão a oportunidade de julgar as testemunhas-chave e dar um veredito justo. O que estou lhes pedindo é que façam simplesmente isto: julguem aquilo que trouxerem para o banco das testemunhas, e então deem seu veredito justo. Obrigado.

CORTA PARA: BANCO DAS TESTEMUNHAS. JOSÉ DELGADO está ali. Ele é jovem, de boa compleição e articulado.

JOSÉ

Eu trabalho até as 9 — a loja fecha às 9. Então, durante a tarde, ou eu vou até em casa e como alguma coisinha ou saio para comer num chinês. Naquela tarde, fui no chinês. Geralmente pego alguma coisa e como nos fundos. Quando saí, tudo estava em ordem.

PETROCELLI

A que horas o senhor saiu da loja?

JOSÉ

4:30, talvez 4:35 no máximo.

PETROCELLI

E o que descobriu ao voltar?

JOSÉ

Primeiro não vi nada — o que eu sabia que era muito esquisito, porque o sr. Nesbitt não deixava o lugar vazio. Dei a volta e fui para trás do balcão, então vi o sr. Nesbitt no chão — havia sangue por todo lado — e a caixa registradora estava aberta. Havia muitos cigarros faltando também. Talvez uns cinco pacotes.

PETROCELLI

E o senhor chamou a polícia?

JOSÉ

Sim, mas sabia que o sr. Nesbitt estava morto.

PETROCELLI

Sr. Delgado, o senhor está familiarizado com as assim chamadas artes marciais?

JOSÉ

É o meu passatempo. Sou faixa preta de caratê.

PETROCELLI

Esse é um fato bem conhecido na vizinhança da loja?

JOSÉ

Sim, porque sempre que eu participava de uma luta e saía no jornal, o sr. Nesbitt colocava o jornal na vitrine.

PETROCELLI

A polícia alguma vez visitou a loja de conveniência?

JOSÉ

Às vezes eles davam uma passadinha para pegar cigarro.

PETROCELLI

Nada mais.

BRIGGS

O senhor afirma que cinco pacotes de cigarros estavam faltando?

JOSÉ

Isso mesmo.

BRIGGS

Cinco, não seis?

JOSÉ

Depois eu conferi o inventário. Eram cinco.

BRIGGS

Que escola de medicina o senhor frequenta?

JOSÉ

Nenhuma.

BRIGGS

Mas disse que sabia que o sr. Nesbitt estava morto. Tinha certeza disso. Está certo?

JOSÉ

Tinha muita certeza.

BRIGGS

Certeza suficiente para parar e fazer um inventário antes de tentar ajudar o seu patrão?

JOSÉ

Eu não fiz o inventário imediatamente, eu só notei. A gente trabalha numa loja, a gente nota se tem alguma coisa faltando.

BRIGGS

Quanto tempo levou?

JOSÉ (bem zangado)

Não lembro.

BRIGGS

Nada mais.

O'BRIEN

Sem perguntas.

PETROCELLI (enquanto JOSÉ desce)

O Estado chama Salvatore Zinzi.

CORTA PARA: SAL ZINZI no banco das testemunhas. Está levemente acima do peso e parece nervoso. Usa óculos grossos, os quais fica ajeitando repetidamente enquanto depõe.

PETROCELLI

Sr. Zinzi, onde o senhor estava quando começou a se envolver com este caso?

ZINZI

Na penitenciária de Riker's Island.

PETROCELLI

Por que estava lá?

ZINZI

Propriedade roubada. Um sujeito me vendeu algumas cartas de beisebol, daquelas de coleção. Eram roubadas.

PETROCELLI

O senhor sabia que eram roubadas?

ZINZI

É. Acho que sim.

PETROCELLI

Enquanto estava na prisão, o senhor se envolveu em alguma conversa com um tal de Wendell Bolden?

ZINZI

Sim, senhora.

PETROCELLI

Quer me contar a respeito dessa conversa?

ZINZI

Ele disse que sabia dum golpe numa loja de conveniência onde um cara foi morto, e estava pensando em entregar o cara para conseguir um relaxamento da pena.

PETROCELLI

E o que o senhor fez com o resultado dessa conversa?

ZINZI

Chamei o detetive Gluck e contei o que sabia.

PETROCELLI

Porque também queria um relaxamento em sua própria pena. É isso?

ZINZI

É.

PETROCELLI

Então Bolden lhe contou o que sabia sobre o crime. Houve mais alguma coisa?

ZINZI

Só isso.

PETROCELLI

Ele disse alguma coisa sobre cigarros?

ZINZI

Disse, ele...

BRIGGS

Protesto! Ela conduziu a resposta.

PETROCELLI

Retiro a pergunta. O que mais ele lhe contou?

ZINZI

Que ganhou alguns cigarros desse cara. Dois pacotes.

PETROCELLI

Ele disse o nome da pessoa de quem ganhou os cigarros?

ZINZI

Não, só que tinha certeza de que o cara estava envolvido no golpe.

PETROCELLI

Nada mais.

CORTA PARA: BRIGGS no pódio.

BRIGGS

O senhor queria um relaxamento de pena, sr. Zinzi. Por que precisava disso? Só tinha uns poucos meses a cumprir; não é mesmo?

ZINZI

Alguns caras estavam... me molestando sexualmente, senhor.

BRIGGS

Molestando sexualmente? Estavam chamando o senhor de bicha? O que "molestando sexualmente" quer dizer para o senhor?

ZINZI

Eles queriam fazer sexo comigo.

BRIGGS

Então para se salvar de ser estuprado em grupo... Era isso que queriam fazer com o senhor?

ZINZI

Era.

BRIGGS

E o senhor estava com medo?

ZINZI

Estava.

BRIGGS

O senhor estava com medo e teria dito praticamente qualquer coisa para sair daquela situação. Não é?

ZINZI

Acho que sim.

BRIGGS

Seria capaz de mentir?

ZINZI

Não.

BRIGGS

Deixe-me ser claro, sr. Zinzi. O senhor foi capaz de comprar bens roubados para ter lucro, dedurar alguém para salvar sua própria pele, mas é bom demais para mentir. É isso mesmo?

ZINZI

Não estou mentindo agora.

BRIGGS

Na verdade, esse tal de Bolden ia ver que vantagem conseguiria tirar com essa informação, mas o senhor roubou a vez dele. Não foi?

ZINZI

Acho que sim.

BRIGGS

Sem mais perguntas.

O'BRIEN

Sr. Zinzi, quanto tempo esteve na prisão?

ZINZI

Quarenta e três dias.

O'BRIEN

As pessoas na cadeia ficam procurando histórias para contar à polícia?

PETROCELLI (calma)

Protesto. A pergunta é vaga demais.

O'BRIEN

Bem, deixe-me colocar da seguinte maneira, sr. Zinzi. Esse sr. Bolden ia usar essa história em seu próprio benefício, não é?

ZINZI

É isso mesmo.

O'BRIEN

E o senhor resolveu usá-la em seu proveito?

ZINZI

Certo. Muita gente na cadeia faz isso.

O'BRIEN

Usam-se histórias e usam-se pessoas, certo?

ZINZI

Às vezes.

O'BRIEN

E o resultado da sua conversa com o detetive em questão é que o senhor foi capaz de chegar ao gabinete do promotor e fazer um acordo. Estou certo? O senhor conseguiu fechar um acordo para sair da cadeia mais cedo. Não está certo?

ZINZI

Está certo.

O'BRIEN

O senhor está feliz com o acordo?

ZINZI

Estou.

O'BRIEN

Nada mais.

PETROCELLI

Sr. Zinzi, o senhor sabe quando está mentindo e quando está dizendo a verdade?

ZINZI

Sei, claro.

PETROCELLI

E está dizendo a verdade agora?

ZINZI

Sim.

PETROCELLI

Sem mais perguntas.

FLASHBACK de STEVE COM 12 ANOS andando num PARQUE DO BAIRRO com seu amigo TONY.

TONY

Eles deviam me deixar arremessar. Consigo lançar reto qualquer coisa. (Cata uma pedra do chão.) Está vendo o poste? (Lança a pedra. Vemos que ela repica na frente do poste e desliza suavemente para um lado.)

STEVE

Você não sabe lançar. (Cata uma pedra no chão e lança. Vemos a pedra voando e passando pelo poste, até acertar uma MOÇA. O SUJEITO FORTE que está andando com ela se vira e vê os dois garotos.)

SUJEITO FORTE

Ei, cara. Quem jogou essa pedra? (Aproxima-se.)

STEVE

Tony! Corre!

TONY (dando um passo hesitante)

O quê? (O SUJEITO FORTE dá um soco em TONY. TONY cai. O SUJEITO FORTE pisa em cima de TONY enquanto STEVE recua. A MOÇA puxa o SUJEITO FORTE para longe, e eles vão embora.)

TONY e STEVE ficam no parque. TONY está sentado no chão.

TONY

Não fui eu que joguei aquela pedra. Foi você.

STEVE

Eu não disse que você jogou. Só disse "corre!". Você devia ter corrido.

TONY

Vou arranjar uma Uzi e explodir os miolos dele.

Terça-feira, 7 de julho

Notas:

Eu mal consigo pensar no filme, odeio demais este lugar. Mas, se não pensasse no filme, eu ficaria louco. Aqui dentro só falam em fazer mal às pessoas. Se você olha para eles, dizem: "Por que tá olhando pra mim? Vou acabar com você!". Se você faz um barulho que eles não gostam, dizem que vão acabar com você. Um dos caras tem uma faca. Não é realmente uma faca, mas uma lâmina grudada no cabo de uma escova de dentes.

Eu odeio este lugar.
Eu odeio este lugar. Mesmo escrevendo isso um monte de vezes, não consigo exprimir o que realmente sinto. **Eu <u>odeio</u>, <u>odeio</u>, <u>odeio</u> este lugar!**

CORTA PARA: SALA DO TRIBUNAL. WENDELL BOLDEN está no banco das testemunhas. Tem altura mediana, físico robusto e mãos grandes e cinzentas. Age como se fosse louco e quer que todo mundo perceba.

PETROCELLI

Sr. Bolden, o senhor já foi preso?

BOLDEN

Já. Por I&A e posse com intenção.

PETROCELLI

Posse é obviamente de drogas e intenção de distribuir. Pode dizer ao júri o que quer dizer I&A?

BOLDEN

Invasão e assalto.

PETROCELLI

E o senhor estava cumprindo pena pelo que quando falou com o sr. Zinzi?

BOLDEN

Agressão.

PETROCELLI

Mas as acusações foram retiradas?

BOLDEN

Sim, foram retiradas.

PETROCELLI

O senhor pode relatar ao júri a conversa entre o senhor e o sr. Zinzi?

BOLDEN

Eu ganhei alguns cigarros de um cara que me disse que esteve no assalto a uma loja de conveniência na rua Malcolm X. Eu sabia que um sujeito tinha sido morto, e pensei em trocar o que sabia por uma aliviada da pena.

PETROCELLI

E o sr. Zinzi tentou usar essa informação?

BOLDEN

Ele chamou um detetive que conhecia.

PETROCELLI

O senhor pode dar o nome da pessoa envolvida no assalto?

BRIGGS

Protesto! Ele pode testemunhar sobre a conversa, não sobre o assalto, a não ser que estivesse lá.

PETROCELLI

Retiro a pergunta... Então, quem lhe deu a informação de que esteve envolvido num assalto?

BOLDEN

Bobo Evans.

Câmera passa de BOLDEN para KING, que olha feio para BOLDEN.

CORTA PARA: VARANDA EXTERNA NA RUA 141. Há um pequeno triciclo na calçada. Tem uma roda faltando. A lata de lixo está transbordando. Três meninas pulam corda perto dela.

JAMES KING e STEVE estão sentados nos degraus.

Uma mulher gorda, PEACHES, está sentada um pouco acima deles, e um homem magro, JOHNNY, está de pé, fumando um baseado.

KING (fala arrastada)

Preciso descolar uma grana, cara. Não tenho nada entre a minha bunda e o chão a não ser um trapo.

STEVE

Tô sabendo.

PEACHES

Mal dá para a gente se aguentar nos dias de hoje. Eles ficam falando em cortar a previdência, o seguro social, e qualquer outra coisa que faça a vida da gente um pouco mais fácil. É bem capaz de trazerem de volta o tempo da escravidão, se querem saber.

KING

Se eu tivesse uma galera, eu conseguiria descolar uma grana. Basta ter uma galera com um pouco de ânimo e faro para o dinheiro.

PEACHES

A grana está nos bancos.

JOHNNY

Negativo. A grana dos bancos é séria demais. O cara se ferra demais por causa do dinheiro dos bancos. A gente precisa achar uma coisa melhor, com que ninguém se importa — vocês sabem o que estou querendo dizer. Você tira de algum imigrante recém-chegado ou até de um ilegal, e eles nem vão dar queixa.

PEACHES

Donos de restaurante também têm dinheiro. É a única coisa que sobra no nosso bairro — restaurantes, lojas de bebida e de conveniência.

KING

Que cê tem, garotão?

STEVE

(Erguendo os olhos para KING.) Não sei.

JOHNNY

Qual é o seu nome mesmo? Steve. Desde quando cê tá na pior?

CORTA PARA: INTERIOR: SALA DO TRIBUNAL. BOLDEN ainda está depondo.

BOLDEN

Então ele me arranjou 2 pacotes por 5 dólares cada. Perguntei como ele tinha arranjado e ele disse que esteve num assalto a uma loja de conveniência. Eu não disse mais nada porque só queria os cigarros.

PETROCELLI

E ele disse quando a loja foi assaltada?

BOLDEN

Disse que a loja tinha acabado de dançar.

PETROCELLI

E quando foi que essa conversa aconteceu?

BOLDEN

Na véspera do Natal. Lembro disso porque dei um pacote de cigarros de presente para a minha mãe.

PETROCELLI

Sem mais perguntas.

BRIGGS

O senhor conhece bem o sr. Evans?

BOLDEN

Sei quem ele é quando vejo ele.

BRIGGS

Conhecia-o antes do Natal?

BOLDEN

Não exatamente.

BRIGGS

Vejamos, então. O senhor não conhece este homem e mesmo assim, quando lhe perguntou onde arranjou os cigarros, ele lhe disse que os conseguiu num assalto em que se envolveu e no qual um homem morreu?

BOLDEN

Se ele quer dar com a língua nos dentes, o problema é dele.

BRIGGS

E o senhor não achou estranho que um homem lhe desse uma informação que poderia prejudicá-lo, caso estivesse realmente envolvido no caso?

CORTA PARA: CLOSE-UP de JURADO com ar de enfado.

CORTA PARA: CLOSE-UP de BOLDEN.

BOLDEN

Cara, eu não dou a mínima.

BRIGGS

A sua acusação de agressão foi retirada — isso está correto?

BOLDEN

Está.

BRIGGS

A pena máxima para agressão era de quanto tempo? O senhor sabe?

BOLDEN

Eu não fui condenado.

BRIGGS

O senhor sabe a pena máxima?

PETROCELLI

Protesto.

JUIZ

Negado; a pergunta é pertinente.

BRIGGS

Então o senhor evitou um tempo pesado de cadeia apontando o dedo para o sr. King, não é isso?

BOLDEN

Eu só queria fazer a coisa certa. Sabe assim? Como um bom cidadão.

BRIGGS (mostrando raiva)

O senhor estava na cadeia tentando ser um bom cidadão? Ou na realidade só estava tentando sair da cadeia sem se importar com quem ia meter lá dentro? Não era isso que o senhor estava fazendo na verdade?

PETROCELLI

Protesto! O advogado de defesa está extrapolando os limites.

JUIZ

Este é um bom momento para um intervalo. Tenho algumas tarefas administrativas para fazer esta tarde. Vamos adiar até amanhã. Quero lembrar ao júri que não pode discutir o caso com ninguém. Vamos voltar a nos reunir amanhã às 9 da manhã.

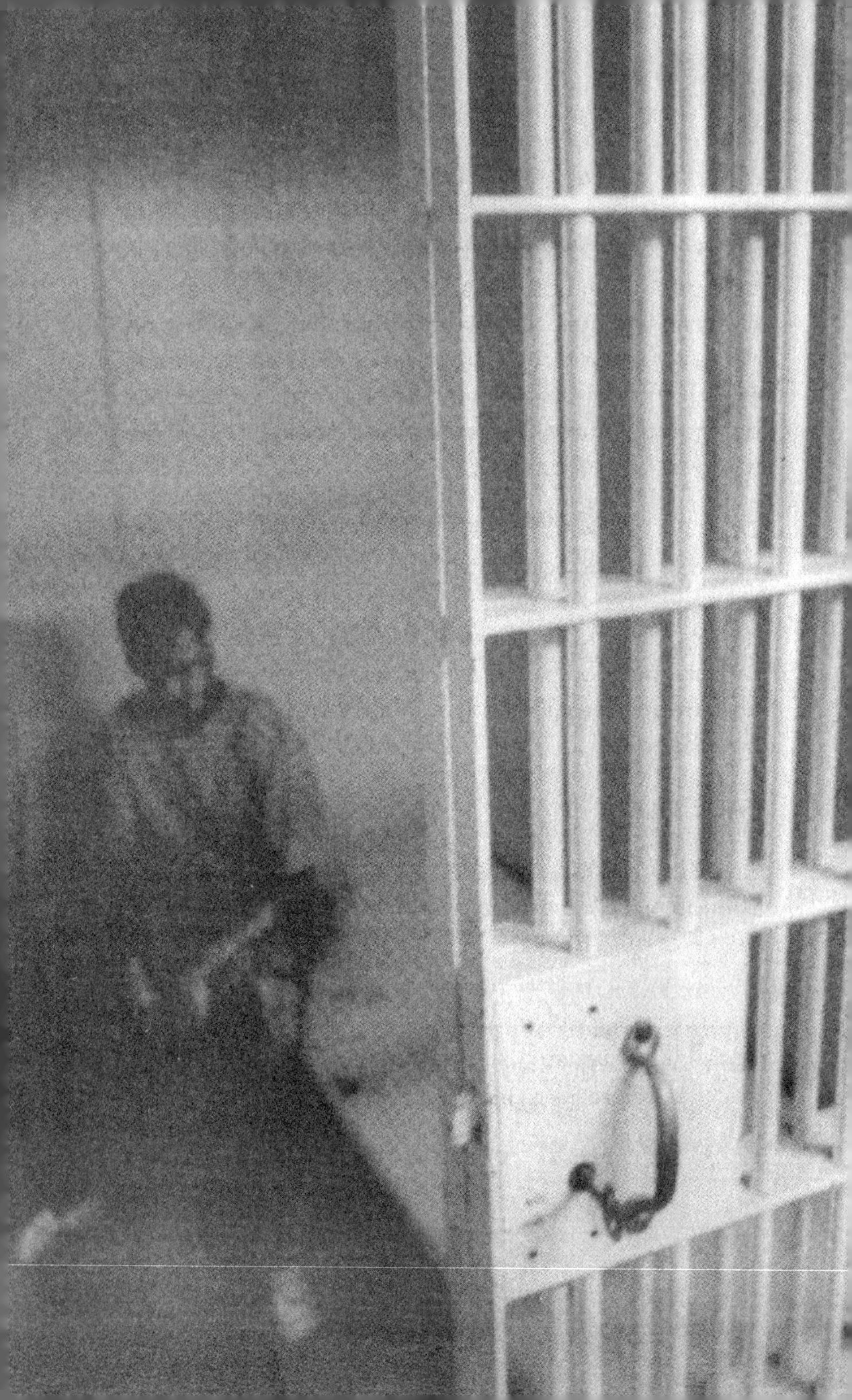

CORTA PARA: INTERIOR: CENTRO DE DETEN-ÇÃO. É noite; as luzes estão apagadas exceto pelas fracas lâmpadas distribuídas ao longo das paredes. Ouvimos os sons de punhos golpeando metodicamente alguém enquanto a câmera percorre devagar o corredor, quase como se estivesse procurando a origem dos socos. Vemos a silhueta de dois detentos socando um terceiro. Outro detento está de vigia.

CORTA PARA: CLOSE-UP de STEVE deitado em sua cama. Os sons vêm dali, mas não é ele que está apanhando. Vemos o branco dos seus olhos, depois o vemos fechá-los quando os sons da surra param e começam outros, mais parecidos com um ataque sexual contra o detento que estava apanhando.

FADE OUT.

FADE IN: CASA DE STEVE. Ela é bem mobiliada e limpa. STEVE está assistindo TV com seu irmão de 11 anos, JERRY.

JERRY

Você já quis ser um super-herói? Sabe, salvar as pessoas e coisas assim?

STEVE

Claro. Sabe quem que eu queria ser? O Super-Homem. Usaria óculos e essas coisas, e as pessoas iam ficar mexendo comigo, e aí eu ia acabar com elas.

JERRY

Aposto que você daria um super-herói bacana. Sabe quem você devia ser?

STEVE

Quem?

JERRY

O Batman. Aí eu poderia ser o Robin. (**STEVE dá um empurrãozinho fraternal em Jerry.**)

FADE OUT.

Quarta-feira, 8 de julho

Eles tiram os cadarços dos seus sapatos e o seu cinto, então você não consegue se matar, por pior que seja este lugar. Acho que obrigar você a viver faz parte do castigo.

É engraçado, mas quando estou sentado no tribunal não sinto que estou envolvido no caso. É como se os advogados, o juiz e todo mundo estivessem trabalhando em algo que me diz respeito, mas de que eu não tenho um papel. É só quando volto para a cela que sinto que estou envolvido.

A srta. O'Brien diz que Petrocelli está usando o testemunho de Bolden como parte de uma estratégia que vai levar a mim e a James King. Acho que ela está errada. Eles estão tirando tudo dessas pessoas e fazendo com que pareçam terríveis no banco, dizendo coisas terríveis, para lembrar o júri que eles não são nada diferentes de mim e de King.

Eu gosto da última cena do filme, comigo e Jerry. Me faz parecer uma pessoa real.

O homem que chamavam de Sunset me perguntou se podia ler o roteiro; deixei. Ele gostou. Disse que gostava do título. Disse que quando sair, vai mandar tatuar a palavra "monstro" na testa. Eu sinto como se já estivesse tatuado na minha.

Essa tarde, um pastor entrou na sala de recreação junto com um guarda. Ele perguntou se alguém queria conversar ou participar de uma oração. Dois caras toparam, e eu estava quase pedindo para ir também quando Lynch, um sujeito que vai ser julgado por matar a esposa, começou a xingar o pastor e dizer que todo mundo queria conversar com ele como se fosse bonzinho, mas, na verdade, ele não passava de um criminoso. "É tarde demais para vestir a camisa de santo agora", Lynch disse.

De certo modo ele tem razão, pelo menos no que se refere a mim. Eu quero parecer uma pessoa boa.

Quero me sentir como uma pessoa **boa** porque acredito que sou. Mas estar aqui dentro com esses caras faz com que seja difícil pensar em si mesmo como diferente. Nós temos a mesma aparência, e mesmo que eu seja mais jovem que eles é difícil não notar que **somos todos bem jovens**. Entendo o que a srta. O'Brien quis dizer quando explicou que parte do trabalho dela era me fazer **parecer humano** aos olhos do júri.

    Quando Lynch começou a xingar o pastor, os guardas o levaram embora, depois desligaram a televisão e nos fizeram voltar para as nossas celas.

Notas:

Não consegui dormir a maior parte da noite depois do sonho. Ele se passava no tribunal. Eu tentava fazer perguntas e ninguém me ouvia. Eu berrava e berrava, mas todo mundo continuava fazendo suas coisas, como se eu não estivesse lá. Espero que não tenha berrado durante o sono. Poderia parecer fraqueza aos olhos dos outros. Não é bom parecer fraco aqui dentro.

Toda manhã nós levantamos e vestimos nossas roupas de tribunal. A conversa é papo de advogado, com todos os mais velhos falando em apelações e "erros" que o juiz cometeu.

Eu me sinto terrível. Minha barriga está cheia de gases e inchada. Ainda não consigo ir ao banheiro na frente de todo mundo.

Quando chegamos ao tribunal, houve um atraso porque a estenógrafa tinha trazido o cabo elétrico errado. O oficial de justiça ficou falando sobre cupins.

FADE IN: SALA DO TRIBUNAL. STEVE e KING estão algemados a um banco. OFICIAIS DE JUSTIÇA, PETROCELLI, ESTENÓGRAFA, JUIZ, BRIGGS e O'BRIEN estão presentes.

OFICIAL DE JUSTIÇA 1

Então o sujeito chega na minha casa e diz para a Vivian que estamos com cupins. Eu volto para casa e ela está toda chateada. Eu disse: "Não estamos com cupins de jeito nenhum. De jeito nenhum".

JUIZ

Você já viu cupim alguma vez?

OFICIAL DE JUSTIÇA 1

Qual é a aparência de um maldito cupim?

O'BRIEN

Parece uma formiga com asas.

OFICIAL DE JUSTIÇA 1

Então eu nunca vi.

OFICIAL DE JUSTIÇA 2

Ouvi dizer que eles se escondem na madeira.

JUIZ

O que eu não entendo é por que eles têm asas se ficam dentro da madeira.

PETROCELLI

O senhor vai nos permitir apresentar a perícia da cena do crime?

JUIZ

Alguma objeção?

BRIGGS

Quem vai ler o relatório na corte?

JUIZ

O meirinho.

BRIGGS

Sem objeções.

O'BRIEN

E o que está acontecendo com o detetive?

PETROCELLI

Ele está com problemas devido a uma operação de hemorroidas.

BRIGGS

Espere aí, eu não sabia disso. Talvez seja possível mantê-lo sentado no banco por uma ou duas horas.

CORTA PARA: CLOSE-UP de PETROCELLI

PETROCELLI

Detetive Karyl, o senhor pode descrever a cena que viu ao entrar na loja de conveniência?

CLOSE-UP: KARYL.

KARYL

Era horrorosa.

CORTA PARA: INTERIOR. Câmera percorre corredores entre as prateleiras da LOJA DE CONVENIÊNCIA do bairro.

CORTA PARA: PLANO MÉDIO de JOSÉ DELGADO. Ele se move em câmera lenta. Está pálido, olhando nervosamente para um ponto fora do ângulo de visão da câmera. Explica alguma coisa para o DETETIVE KARYL, que está de pé encostado no balcão. O DETETIVE é pesadão e curvado.

CORTA PARA: Uma tomada da caixa registradora aberta.

CORTA PARA: SALA DO TRIBUNAL.

PETROCELLI
Estas são as fotografias que o senhor tirou naquele momento?

KARYL
Foram tiradas pelo fotógrafo da perícia.

O'BRIEN
Posso vê-las?

PLANO MÉDIO: PETROCELLI entrega fotos para O'BRIEN, que as coloca a sua frente sobre a mesa.

CORTA PARA: CLOSE-UP das fotos. Vemos as pernas de NESBITT, o dono da loja de conveniência assassinado.

CORTA PARA: FOTOS EM PRETO E BRANCO de vários ângulos do corpo em posição grotesca. As fotografias vão aparecendo cada vez com mais contraste e granuladas, até não serem mais reconhecíveis.

PETROCELLI

Detetive Karyl, quando descobriu o corpo, havia algum sinal de vida na vítima?

KARYL

Não. Mas chamei a emergência, que é o procedimento-padrão.

PETROCELLI

E notou a caixa registradora aberta?

KARYL

Correto. E nesse momento perguntei ao funcionário se havia mais alguma coisa faltando. Muitas vezes nesses casos pode-se dar pela falta de algum remédio contra tosse, ou alguma tentativa de abrir uma caixa contendo medicamentos controlados. Há mercado para qualquer tipo de droga.

PETROCELLI

O senhor procurou outras pistas? Encontrou alguma?

KARYL

Procuramos outras pistas, mas na verdade não encontramos nada.

PETROCELLI

O senhor então começou a interrogar suspeitos nesse caso. Como deparou com eles?

KARYL

Interrogamos diversas pessoas que achamos que podiam ter algum conhecimento do crime. Então recebemos uma dica de uma pessoa que alegava saber o que tinha acontecido com os cigarros.

PETROCELLI

E esse seria o sr. Zinzi?

KARYL

Correto. Ele nos contou sobre o sr. Bolden. Então o sr. Bolden nos contou sobre o sr. Evans e o sr. King.

PETROCELLI

E tanto Zinzi quanto Bolden tinham seus próprios motivos para fazer isso?

KARYL

Frequentemente usamos informantes, ainda mais em casos de assassinato.

PETROCELLI

E o senhor falou com o sr. King?

KARYL

Com o sr. King e com alguns de seus comparsas.

FADE OUT.

FADE IN: 28º **DISTRITO. STEVE** está sentado num banco comprido e escuro. Está vestindo bermudas cortadas, tênis e camiseta. Há uma bola de basquete no chão ao seu lado. O **DETETIVE KARYL** está sentado diante de **STEVE**, comendo um sanduíche. Às vezes fala de boca cheia. Um detetive negro, **ARTHUR WILLIAMS**, está sentado na borda da mesa. Está vestido com uma roupa bem parecida com a de **STEVE** e parece só alguns anos mais velho.

KARYL

Estão dizendo que você puxou o gatilho. King disse que a jogada tinha acabado, mas você se virou e atirou em Nesbitt. Por que você fez isso? Não consigo imaginar.

STEVE

Não sei do que está falando, cara. Não fiz assalto nenhum.

KARYL

Você achou que não deixaria nenhuma testemunha, imagino.

WILLIAMS

Para que estamos jogando com esse cara? Não precisamos dele. O caso está fechado.

KARYL

O promotor está pensando em pedir pena de morte.

WILLIAMS

Pena de morte? As chances são de o juiz forçar perpétua sem condicional. E, se eles tiverem ficha limpa, o juiz pode até se contentar com algo entre 25 anos e a perpétua. Você poupa muito tempo e dinheiro desse jeito.

KARYL

Não sei. A vítima era bem respeitada no bairro. Um negro trabalhador, se fez sozinho na vida. Ele até patrocinava um time na liga infantil. O juiz poderia optar pela pena de morte se eles se declarassem inocentes.

WILLIAMS

Este cara aqui tem só 16 anos. Não vão matá-lo.

KARYL

Você está o quê, pessimista? Espere o melhor.

CORTA PARA: Tomada estranha de **INTERIOR. CORREDOR DA MORTE. STEVE** é visto caminhando pelo **CORREDOR** entre dois guardas. É levado para dentro da câmara da morte. Os guardas são pálidos, quase esverdeados. Deitam **STEVE** sobre a mesa para a injeção letal e o amarram ali.

CLOSE-UP do rosto de **STEVE**. Está aterrorizado.

V. O. (enquanto a câmera enquadra o rosto de STEVE)

Abra as pernas; temos que tapar o seu cu para você não se cagar ao morrer.

STEVE faz uma careta de dor quando eles colocam o tampão.

CORTA PARA: INTERIOR SALA DO TRIBUNAL. KARYL ainda está no banco das testemunhas enquanto **BRIGGS** o interroga.

BRIGGS

O senhor espalhou pó para impressões digitais na área?

KARYL

É do meu entendimento que os técnicos da cena do crime não acharam nenhuma impressão digital que pudessem estabelecer como pertencente a um executor.

BRIGGS

Não é verdade que o que o senhor fez neste caso foi pular a investigação e correr para os seus dedos-duros?

KARYL

Nós tratamos cada caso com o maior cuidado. Não passamos pelo processo automaticamente.

BRIGGS

A caixa registradora foi manuseada, mas o senhor não encontrou impressões digitais, é isso mesmo?

KARYL

Não encontramos digitais claras.

BRIGGS

E quanto ao balcão: os senhores espalharam pó em busca de digitais?

KARYL

Nada claro o suficiente para usar o pó.

BRIGGS

Entretanto não é tão difícil achar gente que esteja na cadeia, ou gente que o senhor tenha prendido, que jure que alguma outra pessoa é o bandido. Não é?

KARYL

Nós verificamos cada uma das histórias. Damos a todo mundo o benefício da dúvida.

BRIGGS

Mas não verificam impressões digitais?

KARYL

Verificamos quando encontramos.

BRIGGS

Certo. Nada mais.

CORTA PARA: INTERIOR: PRISÃO. Um PRISIO-NEIRO MAIS VELHO está sentado na privada, as calças ao redor dos tornozelos.

PRISONEIRO MAIS VELHO

Eles precisam te dar algum tempo de sentença. Um cara morre, e você é obrigado a cumprir uma pena. O trato é esse. Por que você se safaria? E não me venha com essa de que é jovem. Ser jovem não conta quando um cara morre. Por que você se safaria?

STEVE

Porque eu sou um ser humano. Também quero ter uma vida! O que há de errado nisso?

PRISONEIRO MAIS VELHO

Nada. Mas há regras que você tem que seguir. Você comete um crime, então cumpre um tempo de pena. Você age como lixo, eles tratam você como lixo.

PRISIONEIRO 2

Olhaí, cara. Cê tá falando como se fosse padre ou algo assim — mas olha só onde você está. Aqui não é nenhum hotel.

PRISIONEIRO MAIS VELHO

Mas não estou me queixando.

PRISIONEIRO 2

E se ele for inocente?

PRISIONEIRO MAIS VELHO

Você é inocente?

STEVE

Sou.

PRISIONEIRO MAIS VELHO

É, bem, mas alguém tem que cumprir pena. Eles vão trancafiar alguém.

PRISIONEIRO 3

Como é que ele vai dizer que é inocente? É por isso que estão fazendo o julgamento — para o júri poder dizer se é inocente ou não. O que ele diz agora não conta nada.

PRISIONEIRO MAIS VELHO

Enfim, deixa pra lá. Alguém tem um jornal?

FADE OUT.

FADE IN: INTERIOR: SALA DE ESPERA. O'BRIEN entra e se senta no banco com STEVE. O pulso de STEVE está algemado no banco.

          O'BRIEN (apontando as algemas)

Isso aí não era necessário.

          STEVE

Eles gostam de mostrar que estão no comando. Como acha que está indo o julgamento?

          O'BRIEN

Podia estar melhor.

          STEVE (surpreso)

O que há de errado?

          O'BRIEN

Bem, francamente, não está acontecendo nada que diga que você é inocente. Metade daqueles jurados no momento em que botaram os olhos em você, não importa o que tenham dito quando nós os interrogamos na escolha para o júri, acredita que você é culpado. Você é jovem, é negro e está sendo julgado. O que mais eles precisam saber?

STEVE

Pensei que você era inocente até que se provasse que é culpado.

O'BRIEN

É verdade, mas na realidade depende de como o júri vê o caso. Se eles veem uma disputa entre a defesa e a promotoria em relação a quem está mentindo, eles votam a favor da promotoria. A promotora anda de um lado para o outro com ar de importante. Ninguém está acusando você de ser má pessoa. Estão acusando você de ser um monstro. O júri pode se perguntar: "Por que a promotora mentiria?". Nossa tarefa é mostrar que ela não está mentindo, mas que está simplesmente cometendo um erro. Como você está se sentindo? Ainda está com o estômago desarranjado?

STEVE

Um pouco melhor.

O'BRIEN

Esta tarde temos programada uma testemunha importante. Esse tal de Osvaldo Cruz. O que você sabe sobre ele?

CORTA PARA: EXTERIOR. VARANDA DO BAIRRO. OSVALDO CRUZ, 14 anos, é magro e bem constituído. Tem uma tatuagem de cabeça de diabo no antebraço esquerdo e outra, de adaga, nas costas da mão direita, entre o polegar e o indicador. FREDDY ALOU, 16 anos e mal-encarado, está sentado tentando consertar um aparelho de som. STEVE está sentado com eles.

FREDDY (para STEVE)

Em que escola você está?

OSVALDO

Ele está naquela escola de bichas no centro da cidade. Tudo o que eles aprendem é como ser bicha.

FREDDY

Você deixa ele ficar te zoando assim, cara?

OSVALDO

Ele não tem escolha. Ele mexe comigo e os Diablos queimam ele. Não é isso, bichinha?

STEVE

Posso dar um chute nessa sua bunda magra na hora que eu quiser.

OSVALDO

Bem, aí está, então por que você não vem e chuta?

FREDDY

É melhor você ficar na sua; ele anda com uns caras realmente da pesada.

OSVALDO

Ele não anda com ninguém. É só um coitado querendo fazer o nome. Não é isso, Steve? Não é isso mesmo?

STEVE

Por que você não cala a boca?

OSVALDO

Você não tem garra para ser nada além de um coitado. Todo mundo sabe disso. Pode estar andando com uns caras, mas quando a barra pesar você vai dar um jeito de não estar por perto.

STEVE

Sei. E você vai ficar, por acaso?

CORTA PARA: INTERIOR: SALA DO TRIBUNAL.
OSVALDO está no banco das testemunhas.

OSVALDO (falando baixo, timidamente)

Então o Bobo me disse que, se eu não o ajudasse, ele me cortaria todo.

CORTA PARA: STEVE escrevendo no bloco.

CLOSE-UP: OSVALDO.

OSVALDO

Ele disse que me cortaria e também pegaria a minha mãe. Eu fiquei, sabe, realmente apavorado com ele.

PETROCELLI

Já viu Bobo machucar alguém?

OSVALDO

Ouvi dizer que ele acabou com um cara lá nos conjuntos habitacionais.

BRIGGS

Protesto.

JUIZ

Aceito.

PETROCELLI

Você sabe, com certeza, se Bobo já machucou alguém na quebrada?

BRIGGS

Protesto! A não ser que a promotora pretenda passar um glossário para o júri, quero que ela use uma língua que todo mundo entenda.

JUIZ

Negado.

OSVALDO

Ele me disse que cumpriu pena por furar um cara nos conjuntos habitacionais.

PETROCELLI

Sabe quantos anos Bobo tem?

OSVALDO

22.

PETROCELLI

E você tem quantos anos, Osvaldo?

BRIGGS

Protesto! Por que de repente estamos nos tratando pelo primeiro nome?

PETROCELLI

E o senhor tem quantos anos, sr. Cruz?

OSVALDO

14.

PETROCELLI

O senhor mora na rua 144; está correto?

OSVALDO

Sim, na frente da escola.

PETROCELLI

Vou lhe dar uma série de nomes, e o senhor me dirá se conhece algum deles. James King?

OSVALDO

Conheço, é aquele de terno azul sentado lá naquela mesa.

PETROCELLI

Que fique registrado que o sr. Cruz identificou o sr. King. Steve Harmon?

OSVALDO

É aquele cara negro sentado na outra mesa.

PETROCELLI

Que fique registrado que o sr. Cruz identificou Steve Harmon. **(Virando-se de volta para Osvaldo.)** Tudo bem. O sr. Evans, ou Bobo, lhe fez alguma proposta?

BRIGGS

Conduzindo!

PETROCELLI

Excelência, o sr. Cruz é uma testemunha juvenil!

BRIGGS

É hostil? É óbvio que ele é juvenil. A senhora está querendo dizer que ele é uma testemunha hostil?

PETROCELLI

Não, mas o senhor está sendo.

JUIZ

Isso não é necessário, srta. Petrocelli. A senhora não estabeleceu o sr. Cruz como testemunha hostil.

PETROCELLI

Sr. Cruz, o quanto o senhor achou que a ameaça do sr. Evans — Bobo — era real?

OSVALDO

Eu achei que era uma coisa real. Sabe, achei assim que ele era capaz de ferrar comigo.

PETROCELLI

O senhor ficou com medo do sr. King?

BRIGGS

Protesto! Se ela quiser testemunhar no lugar da testemunha, tudo bem. Que faça o juramento, mas ela não pode conduzir a testemunha desse jeito.

JUIZ

Aceito.

PETROCELLI

O senhor participou deste assalto?

OSVALDO

Sim, participei.

PETROCELLI

Por quê?

OSVALDO

Porque estava com medo deles. Eram todos mais velhos que eu.

PETROCELLI

De quem exatamente o senhor estava com medo?

OSVALDO

Bobo, James King e Steve Harmon.

PETROCELLI

E Bobo foi o único que realmente o ameaçou?

BRIGGS

Lá vai ela de novo!

JUIZ

Ela vai aonde? Isso não é conduzir! O senhor está achando que é? Olhem, acho que é um bom momento para um intervalo, pessoal. Talvez sejamos todos um pouco mais civilizados depois de uma boa noite de sono.

PLANO GERAL do **JÚRI** saindo. Então os **GUARDAS** entram e algemam **STEVE** e **JAMES KING**. **PLANO MÉDIO** de **OSVALDO** passando por **STEVE**. Os dois rapazes se olham por um breve instante; **OSVALDO** vira-se e sai.

FADE OUT.

Quinta-feira, 9 de julho

O fato de a srta. O'Brien dizer que as coisas estavam mal para mim foi realmente desanimador. Eu me pergunto se a promotora sabe como Osvaldo é de verdade. Me pergunto se ela sabe como eu sou de verdade, ou se ela se importa.

Nesta manhã um dos caras da cela ao lado vai receber o veredito. O nome dele é Acie. Ele estava dizendo para todo mundo que não se importava com o que diziam dele. Ele assaltou um caixa e atirou no guarda.

"Tudo o que eles podem fazer é me botar na

cadeia", Acie disse. "Eles não podem tocar na minha alma."

Ele disse que precisava do dinheiro e pretendia pagar de volta assim que se acertasse. Disse que Deus compreendia e lhe daria outra chance. Então começou a chorar.

O choro dele me pegou. A srta. O'Brien disse que o juiz podia me condenar a 25 anos ou até a perpétua. Se ele determinar isso, eu teria de cumprir pelo menos 21 anos e 3 meses. Não consigo nem pensar em ficar na cadeia por tanto tempo. Eu queria chorar junto com o cara.

Enquanto me vestia, senti vontade de vomitar. A minha mãe deixa camisas limpas e roupa de baixo para mim. Pensei nela na cozinha passando as camisas. Eu penso tanto em mim mesmo, no que vai acontecer comigo e tudo, mas não penso tanto na minha família. Sei que ela me ama, mas me pergunto o que ela estará pensando.

O sr. Nesbitt. Pensei no **sr. Nesbitt e me lembrei das fotografias que mostraram dele.** Quando estavam passando as fotos para o júri eu não olhei, mas depois, quando o júri saiu, a srta. O'Brien as pegou e pôs sobre a mesa na nossa frente. Ela fez anotações, mas eu sabia que ela queria que eu as olhasse. E eu olhei.

O pé direito do sr. Nesbitt estava virado para fora. O braço esquerdo estava levantado e dobrado na altura do cotovelo, de modo que os dedos quase tocavam o lado da cabeça. Seus olhos não estavam completamente fechados.

A srta. O'Brien olhava para mim – eu não a via olhando para mim mas sabia que ela estava. Ela queria saber quem eu era. Quem era Steve Harmon? Eu queria abrir a minha camisa e dizer a ela para olhar dentro do meu coração para ver quem eu realmente era, quem era o verdadeiro Steve Harmon.

Era nisso que eu estava pensando, sobre o que estava no meu coração e o que isso me tornava. Eu <u>não</u> sou uma pessoa má. Eu sei que lá dentro do meu coração não sou uma pessoa má.

Ontem, um pouco antes de eu ter de voltar para a cela, perguntei à srta. O'Brien sobre ela. Ela disse que nasceu no Queens, em Nova York. Que foi à Escola Secundária Bishop McDonnell e depois ao St. Joseph's College no Brooklyn. Ela se esforçou e conseguiu fazer Direito na Universidade de Nova York.

"E aqui estou eu", ela concluiu.

Parecia uma vida boa, mesmo que ela tenha dito como se não fosse nada de especial.

Na sala de detenção, do lado oposto ao que entramos na sala do

tribunal, os guardas estavam falando das suas vidas. Um quis falar sobre quanto estava custando arrumar os dentes do seu filho.
O outro guarda não tinha filhos e quis falar sobre como os Yankees estavam no campeonato.

Não começamos na hora porque um dos jurados chegou atrasado.

"A loirinha", disse o guarda que não era casado. "O velho dela provavelmente a mandou fazer alguma coisa antes de sair de casa".

Eles riram. Deve ter sido engraçado.

Enquanto estávamos esperando, trouxeram King e o algemaram perto de mim. Pensei no filme, em que tipo de ângulo de câmera eu usaria.

Eu podia sentir os diferentes odores que vinham dele. Estava usando uma loção pós-barba e algum tipo de gel no cabelo. Eu conseguia separar os cheiros. **Por favor, não fale comigo, eu rezei.**

"Até agora eles não têm nada", ele disse. "Osvaldo não significa coisa nenhuma porque eles o deixaram solto. Qualquer um pode ver isso."

Não respondi.

"Tá pensando em fazer um acordo?", ele perguntou.

King apertou os lábios e estreitou os olhos. **O que ele ia fazer, me amedrontar?** De repente, ele parecia engraçado. Todas as vezes que olhei para ele, quis ser **durão como ele**, e agora eu o via sentado com algemas tentando me amedrontar. Como é que ele podia me pôr medo? Eu vou toda noite para cama quase louco de tão aterrorizado. Tenho **pesadelos** sempre que fecho os olhos. Tenho medo de falar com essa gente que está na cadeia comigo. No tribunal, tenho medo do juiz. **Os guardas me apavoram.** Comecei a rir, porque era gozado. **Fazem um monte de coisas com a gente na cadeia. Aqui não dá para amedrontar ninguém com um olhar.**

Um oficial de justiça entrou e nos levou. Quando entrei no tribunal, vi uma garotada sentada na frente. Parecia uma classe do ensino médio.

"Uma vez que o julgamento realmente começa, não se conversa mais", disse a professora que estava com eles. "Isto é parte do sistema judicial americano, e temos que respeitar cada parte dele."

Quando olhei para a turma, eles rapidamente desviaram os olhos.

Sentei e olhei diretamente para a frente. Era fácil me imaginar sentado onde eles estavam, olhando para as costas do prisioneiro.

FADE IN: INTERIOR SALA DO TRIBUNAL. PLANO MÉDIO dos JURADOS. CLOSE-UP de uma JURADA NEGRA BONITA. Ela está sorrindo.

CORTA PARA: CLOSE-UP de STEVE. Ele sorri.

CORTA PARA: CLOSE-UP da JURADA NEGRA BONITA. Ela para de sorrir e desvia rapidamente o olhar.

PLANO MÉDIO da SALA DO TRIBUNAL. STEVE baixa a cabeça sobre a mesa. O'BRIEN o puxa para cima.

O'BRIEN

Se você desistir, eles vão desistir de você. **(Depois zangada.)** Levante a cabeça!

STEVE levanta a cabeça. Há lágrimas no seu rosto. Enquanto ele enxuga, ouvimos a V. O. de **PETROCELLI**, que continua com o depoimento de **OSVALDO**.

PETROCELLI

Então o que Richard Evans, o homem a quem estamos nos referindo como Bobo, sugeriu ao senhor?

OSVALDO

Ele disse que tinha um lugar, que já estava todo esquematizado. Disse que tudo o que eu tinha que fazer era atrasar qualquer pessoa que saísse atrás deles. Eu ia empurrar uma lata de lixo na frente dela.

CORTA PARA: PETROCELLI, que parece muito confiante. Então **PLANO MÉDIO** da parte da frente da **SALA DO TRIBUNAL**.

PETROCELLI

Quando Bobo mencionou os outros participantes, especificou o que cada um fazia no assalto?

OSVALDO (ficando mais ríspido à medida que fala)

Ele disse que ele e James King iam entrar na loja e fazer a coisa, Steve ia ficar de vigia.

PETROCELLI

E como iam ser divididos os lucros desse assalto?

OSVALDO

Todo mundo ia ganhar alguma coisa. Não sei exatamente quanto. Mas todo mundo ia sentir o gostinho da coisa.

PETROCELLI

E esse gostinho, ou parte do lucro, foi o motivo que o levou a participar do assalto?

OSVALDO

Não, eu fui porque estava com medo do Bobo.

PETROCELLI

Sr. Cruz, o senhor está testemunhando contra gente que conhece. Está testemunhando por que fez algum acordo com o governo?

OSVALDO

Sim.

PETROCELLI

Sem mais perguntas.

PLANO MÉDIO de BRIGGS andando lentamente até o pódio. **OSVALDO** é uma testemunha importante, e **BRIGGS** o trata de forma condizente.

BRIGGS

Sr. Cruz, quando o senhor foi detido, fez uma declaração à polícia sobre a sua participação no crime?

OSVALDO

Fiz.

BRIGGS

O senhor admitiu para a polícia que foi participante do crime, não é verdade?

OSVALDO

Fui o quê?

BRIGGS

Que foi uma das pessoas envolvidas no crime?

OSVALDO

Sim, é isso mesmo.

BRIGGS

Então, para todos os efeitos práticos, o senhor esteve envolvido até o pescoço num crime no qual um homem foi assassinado. Isso está certo? É assim que vê a situação?

OSVALDO

Acho que sim.

BRIGGS

E agora que está metido numa encrenca o senhor faria qualquer coisa para sair dela, não é? E quando eu digo qualquer coisa refiro-me a contar mentiras, meter outras pessoas na confusão, qualquer coisa.

OSVALDO

Não.

BRIGGS

E quando a promotora assistente lhe ofereceu um acordo que o mantivesse fora da cadeia, o senhor o agarrou correndo, não foi?

OSVALDO

Eu não mentiria no tribunal. Estou dizendo a verdade.

BRIGGS

Bem, certamente estou contente que o senhor esteja dizendo a verdade, sr. Cruz. Mas deixe-me fazer uma pergunta: a promotoria não lhe deu uma escolha? O senhor vai para a cadeia ou põe alguma outra pessoa na cadeia? Não é isso?

OSVALDO

Eu não ando por aí mentindo para as pessoas. Especialmente quando juro.

BRIGGS

E o senhor jurou hoje, não está correto? E não seria certo mentir sob juramento, seria?

OSVALDO

Certo.

BRIGGS

Não seria certo mentir sob juramento, mas tudo bem entrar numa loja de conveniência para assaltar? Muito bacana, não é mesmo?

OSVALDO

Isso foi um erro.

CLOSE-UP de BRIGGS mostrando absoluta repulsa.

BRIGGS

Sem mais perguntas.

O'BRIEN se levanta e toma seu lugar no pódio.

O'BRIEN

Osvaldo, você sabe como foi preso?

OSVALDO

Tive uma briga com a minha namorada e ela chamou a polícia.

O'BRIEN

Uma briga? Quer dizer uma discussão? Um desentendimento?

OSVALDO (baixinho)

Ela descobriu que eu engravidei outra garota.

O'BRIEN

Você é membro de uma gangue?

OSVALDO

Não.

O'BRIEN

Então a informação que eu tenho sobre você pertencer a uma gangue chamada Diablos está errada?

Pausa.

OSVALDO

Não, está certa. Eu pertenço aos Diablos.

O'BRIEN

Então a sua primeira resposta foi mentira?

OSVALDO (Olha para Petrocelli.)

Foi um erro.

O'BRIEN

Você também disse que o assalto foi um erro. Quem sabe possa nos dizer a diferença entre um erro e uma mentira.

OSVALDO (perturbado)

Ei, eu estou tentando mudar a minha vida. **(Olha para o júri.)** Eu cometi um erro e agora é hora de fazer a coisa certa.

O'BRIEN

Como se entra nessa gangue, sr. Cruz? Há algo que se deva fazer para tornar-se membro?

OSVALDO (ficando ainda mais ríspido)

Você precisa lutar com um cara que já esteja no clube para mostrar que tem disposição.

O'BRIEN

E não é preciso fazer alguma outra coisa? Alguma coisa envolvendo uma faca?

OSVALDO

Você tem que deixar a sua marca em alguém.

O'BRIEN

Pode dizer ao júri exatamente o que significa "deixar a sua marca" em alguém?

OSVALDO

Você precisa cortar a pessoa num lugar que apareça.

O'BRIEN

Então, para ser membro dessa gangue, Diablos, você tem que lutar com um membro da gangue e cortar alguém. Geralmente isso é feito num estranho, e o corte é no rosto, está certo?

OSVALDO

Eles não fazem mais isso.

O'BRIEN

Mas, sr. Cruz, foi isso que o senhor teve de fazer, não é?

OSVALDO

Foi.

O'BRIEN

Mas agora o senhor quer que nós acreditemos que participou desse assalto porque estava com medo do Bobo, e não porque é isso que o senhor faz?

OSVALDO

Eu estava com medo.

O'BRIEN

O senhor disse à promotora assistente que o interrogou que era membro dos Diablos?

OSVALDO

Sim, eles sabiam.

O'BRIEN

O senhor não teve medo de lutar com um membro dos Diablos para entrar na gangue. O senhor não teve medo de cortar um estranho no rosto. O senhor não teve medo de dar uma surra na sua namorada. Mas teve medo do Bobo, é isso?

OSVALDO

É.

CLOSE-UP de JURADA balançando a cabeça.

FADE PARA: INTERIOR: ÁREA DE VISITAS do CENTRO DE DETENÇÃO. Há uma mesa em forma de hexágono. Um lado dá para um túnel pelo qual os PRISIONEIROS podem entrar. Eles se sentam do lado de dentro enquanto os VISITANTES sentam do lado de fora. Vemos STEVE sentado entre os prisioneiros. Está vestindo seu uniforme cor de laranja da prisão. O SR. HARMON, seu pai, está sentado na parte externa da mesa.

SR. HARMON

Como você está?

STEVE

Tudo bem. Falou com a srta. O'Brien?

SR. HARMON

Ela não parece tão animada. Tem tanto lixo espalhado naquele tribunal que qualquer pessoa lá dentro pode ficar com o fedor grudado nele.

STEVE

Ela disse que vai me botar para depor no banco das testemunhas. Vai me dar a chance de contar o meu lado da história.

SR. HARMON

Isso é bom. Você precisa contar a eles...

Sua voz vai sumindo.

STEVE

Eu vou simplesmente contar a verdade, que eu não fiz nada de errado.

Pausa. Pai e filho tentam lidar com a tensão.

STEVE

Você acredita nisso, não acredita?

CLOSE-UP do sr. HARMON. Há lágrimas em seus olhos. A dor no seu rosto é evidente enquanto ele luta com as suas emoções.

SR. HARMON

Quando você nasceu, eu ficava deitado na cama pensando em cenas da sua vida. Você jogando futebol. Você indo para a faculdade. Eu costumava pensar em você estudando em Morehouse e fazendo as mesmas coisas que fiz quando estive lá. Nunca consegui entrar no time de futebol, mas pensava — sonhava que você conseguiria. Até me via ficando bravo com você por ficar fora de casa até tarde, e lá estava você deitado na cama com aquelas fraldas descartáveis — eu queria fraldas de verdade, mas a sua mãe insistiu nesse tipo que não precisa lavar, é só jogar fora. Nunca pensei em ver você, num lugar como este. Nunca me veio à cabeça que você algum dia fosse se meter em qualquer tipo de encrenca...

PLANO MÉDIO: STEVE e o SR. HARMON. É um momento incrivelmente difícil. STEVE busca o rosto do pai, procurando a firmeza que sempre encontrou ali.

STEVE

Como está a mamãe?

SR. HARMON

Está lutando. É duro para todos nós. Sei que é duro para você.

STEVE

Vou ficar bem.

STEVE baixa a cabeça e começa a chorar. O **SR. HARMON** vira para o outro lado, depois volta e toca a mão de **STEVE**. Um **GUARDA** aparece rápido e tira a mão do pai de cima do filho.

SR. HARMON (engasgando de emoção)

Steve. Vai ficar tudo bem, filho. Vai ficar tudo bem. Você vai voltar para casa e tudo vai ficar bem.

Ouve-se o **PAI DE STEVE** soluçando. A cena vai desfocando e escurece.

Notas:

Eu nunca tinha visto o meu pai chorar antes. Ele não estava chorando como eu achava que um homem choraria. Tudo jorrava dele, e eu detestei ver seu rosto. O que foi que eu <u>fiz</u>? O que foi que eu fiz? Qualquer um pode entrar numa loja e ficar olhando as prateleiras. É por causa disso que estou sendo julgado? Eu não fiz nada! Eu não fiz nada! Mas todo mundo está simplesmente atrapalhado com a dor. Eu não briguei com o sr. Nesbitt. Eu não tirei nenhum dinheiro dele. Ver o meu pai chorar daquele jeito foi terrível. O que estava acontecendo entre nós, pai e filho, algo sendo empurrado e outra coisa tomando o lugar.

É como um homem olhando para baixo para ver o seu filho e em vez disso ver um monstro.

    A srta. O'Brien disse que as coisas estavam ruins para nós porque estava com medo de que o júri não visse a diferença entre mim e todos os bandidos que estão depondo. Eu acho que o meu pai pensa a mesma coisa.

FADE IN: EXTERIOR: BAIRRO DO STEVE. Panorâmica. Homens sem teto montaram uma "cidade" com caixas de cartolina em cima dos telhados. A partir da borda de um telhado vemos uma multidão na rua embaixo. À medida que a câmera vai se aproximando com zoom, ouvimos uma cacofonia de sons. Gradualmente um som vai se tornando mais claro. O sotaque é caribenho, e uma câmera no nível do chão sobe até duas MULHERES de pele escura, de meia-idade e um tanto robustas.

MULHER 1

É uma desgraça, que desgraça terrível.

MULHER 2

O que aconteceu?

CORTA PARA STEVE. Ele está segurando uma bola de basquete a uma distância em que pode ouvir as duas mulheres.

MULHER 1

Assaltaram a loja de conveniência e balearam o pobre homem.

MULHER 2

Ai, essas armas! Ele está bem?

MULHER 1

A srta. Trevor disse que ele está morto. Vieram duas ambulâncias.

MULHER 2

Duas pessoas foram baleadas?

MULHER 1

Não creio que tenham sido duas pessoas, mas vieram duas ambulâncias. Uma veio do Hospital do Harlem.

MULHER 2

Provavelmente é aquela gente do crack. Dizem que eles são capazes de fazer qualquer coisa para conseguir a droga.

MULHER 1

Ele era casado? Eu nunca vi nenhuma mulher trabalhando na loja.

MULHER 2

Aquele rapazinho hispânico? Não acho que ele fosse casado.

MULHER 1

Não, mulher, o rapazinho não é o dono. O dono daquele lugar é o velho. Acho que ele era de Saint Kitts.

MULHER 2

Ah, é uma desgraça. Você sabe que é.

PLANO GERAL: STEVE abre caminho no meio da multidão. Não está segurando a bola de basquete. Está andando, depois dá uma corridinha enquanto a câmera recua. Quando a câmera faz uma tomada do alto, ele está correndo, e não podemos mais distinguir STEVE. Ouvimos a V. O. das mulheres como antes.

MULHER 1

Eu me mudaria daqui, mas não há para onde ir. Eu não iria morar na Califórnia.

MULHER 2

A Califórnia é bem pior do que o Harlem.

MULHER 1

Mas dizem que o clima é bom.

A câmera desce até a rua, passa por crianças brincando e lojas até parar numa bola de basquete jogada na sarjeta.

CORTA PARA noticiário na TV. A imagem está granulada, a recepção é ruim, como se fosse na casa de um morador do gueto.

V. O. (APRESENTADOR DO TELEJORNAL)

No Harlem mais uma assalto terminou numa cena macabra de assassinato. Alguinaldo Nesbitt, proveniente de Saint Kitts, foi encontrado baleado e morto em sua loja.

CORTA PARA imagem televisiva da frente da loja de conveniência. Crianças pequenas juntam-se no local tentando dar uma espiada dentro do estabelecimento.

CLOSE-UP APRESENTADOR DO TELEJORNAL. Ele é um negro claro muito bonito, que fala com a entonação precisa de um apresentador de TV.

APRESENTADOR

Ontem no final da tarde dois bandidos armados e mascarados entraram correndo nesta loja de conveniência do bairro. Exigiram dinheiro e, quando o proprietário da loja, Alguinaldo

Nesbitt, de 55 anos, demorou para lhes entregar o dinheiro, brutalmente puseram fim à sua vida. Os moradores do bairro estão completamente abalados. (Para MORADOR DO BAIRRO.) Senhor, pode me dizer o quanto está chocado com esta tragédia?

CORTA PARA MORADOR DO BAIRRO.

MORADOR DO BAIRRO

Eu não estou chocado. As pessoas são mortas e tudo mais, e não está certo, mas eu não estou nada chocado. Mataram uma garotinha faz só dois meses e ela estava simplesmente sentada na varanda.

CORTA PARA APARTAMENTO DE STEVE. Nós o vemos sentado assistindo ao noticiário. Vemos seu irmão pegar o controle remoto e mudar de programa. Assistimos a 30 segundos do desenho animado *Papa-Léguas*.

CORTA PARA CLOSE-UP DE STEVE. Ele está olhando para a frente, boca aberta, em absoluto choque enquanto as cores do desenho animado refletem em seu rosto.

DISSOLVE PARA DUAS SEMANAS MAIS TARDE. INTERIOR COZINHA DE STEVE. A porta se abre. A SRA. HARMON entra com uma sacola de mantimentos. Ela põe a sacola no chão.

SRA. HARMON

A sra. Lucas disse que pegaram os caras que mataram o dono da loja de conveniência. **(Ela liga a televisão.)** Você comeu alguma coisa?

STEVE

Comi um pouco de cereal. Veja se consegue achar as notícias. Você acha que saiu no noticiário?

A SRA. HARMON está guardando os mantimentos quando aparece na tela uma imagem da frente da loja de conveniência. Ela se senta, satisfeita por terem capturado os culpados.

APRESENTADORA DO NOTICIÁRIO

Foi feita uma prisão no caso do assalto seguido de assassinato da loja de conveniência no subúrbio. A polícia anunciou hoje a prisão de Richard Evans, conhecido na comunidade como Bobo. O prefeito Rudy Giuliani diz que está determinado a acabar com o crime em todas as áreas da cidade.

CORTA PARA COLETIVA DE IMPRENSA com o PREFEITO GIULIANI e o CHEFE DE POLÍCIA

PREFEITO GIULIANI

A ideia de que estamos tentando acabar somente com o crime em áreas brancas ou de classe média é um absurdo. Todo mundo que mora nesta cidade merece a mesma proteção.

CORTA PARA EXTERIOR: PLANO MÉDIO de BOBO carrancudo, algemado e sendo levado para a viatura de polícia. Ele lança um olhar furioso para a câmera. O prisioneiro ao qual está algemado pisca para a câmera.

CORTA PARA INTERIOR: QUARTO DE STEVE. Ele está deitado na cama, olhos abertos, mas sem ver nada. Primeiro ouvimos a campainha tocar, depois sua mãe o chamando, mas ele não reage.

CORTA PARA SRA. HARMON, que enxuga as mãos numa toalha e se dirige para a porta. Ela para e olha pelo olho mágico. CLOSE-UP no seu rosto. Um olhar preocupado enquanto ela abre a porta.

SRA. HARMON

(Chamando-o.) Steven?

STEVE

Hein? (Ele saiu do quarto e vê os DETETIVES WILLIAMS e KARYL.)

WILLIAMS

Nós precisamos que você venha até o distrito conosco. Só algumas perguntas.

STEVE

Eu? Sobre o quê?

WILLIAMS

Algum palhaço disse que você esteve envolvido no assalto da loja de conveniência pouco antes do Natal. Sabe do que estou falando?

STEVE

Sei, mas o que é que eu tenho a ver com isso?

WILLIAMS (enquanto algemam Steve)

Você conhece Bobo Evans?

SRA. HARMON (ligeiramente em pânico)

Por que estão algemando o meu filho se só querem lhe fazer algumas perguntas? Não estou entendendo.

WILLIAMS

Senhora, é só rotina. Não se preocupe com isso.

SRA. HARMON

Como pode estar dizendo "não se preocupe com isso" quando estão algemando o meu filho? (Há pânico nos olhos dela ao olhar para STEVE, que desvia o olhar.) O que você quer dizer com "não se preocupe com isso"? Eu vou com vocês! Você não vai simplesmente levar meu filho embora como se ele fosse um criminoso. Esperem até eu pegar o meu casaco. Espere aí um minuto! Espere um minuto!

CORTA PARA JERRY. Ele está parado na porta, segurando um gibi. Olha da MÃE para STEVE. Estende o braço para o irmão enquanto os detetives empurram o adolescente algemado porta afora.

CORTA PARA PLANO MÉDIO de STEVE sentado no banco de trás da viatura.

CORTA PARA dois VELHOS na frente da Churrascaria John-John's olhando a cena enquanto o carro se afasta.

CORTA PARA PLANO GERAL do quarteirão engajado em sua atividade coloquial.

ENTÃO SRA. HARMON sai correndo de casa, olha desesperadamente em volta e segue rápido rua abaixo. Chega quase até a esquina, depois para, percebendo que não sabe para onde STEVE está sendo levado.

Sexta-feira, 10 de julho

A srta. O'Brien estava louca de raiva hoje. Ela disse que Petrocelli estava usando um **truque barato**. O juiz disse que ia convocar uma sessão de só meio dia porque precisava ouvir alegações de outro caso. O'Brien disse que Petrocelli quis deixar a pior imagem possível na cabeça do júri. Ela trouxe de novo as fotografias e garantiu que o júri as visse uma segunda vez. A srta. O'Brien disse que ela queria que os jurados levassem aquelas imagens horríveis para casa durante o fim de semana e convivessem com elas.

As fotos eram ruins, realmente péssimas. Eu não queria pensar nelas nem saber delas. Não olhei para os membros do júri enquanto olhavam as fotos.

Pensei em escrever sobre o que aconteceu na loja de conveniência, mas preferia não ter aquilo na cabeça. **As fotos do sr. Nesbitt me deixam assustado.** Penso nele deitado ali sabendo que ia morrer. Imagino se estava doendo muito. Posso me ver naquele momento, exatamente quando o **sr. Nesbitt sabia que ia morrer,** descendo a rua e tentando fazer da minha mente uma tela em branco.

Quando voltei para a cela e troquei de roupa, tive que esfregar os corredores com quatro outros caras. Estávamos todos vestindo os moletons cor de laranja que nos dão aqui e os guardas mandaram a gente fazer um fila. A água **estava quente e cheia de sabão**, tinha **cheiro forte** de algum tipo de desinfetante. Os esfregões eram pesados. Estava quente e não gostei de fazer aquilo. Então percebi que cinco sujeitos esfregando deviam parecer todos iguais e **de repente senti como se não conseguisse respirar**. Tentei puxar o ar para os meus pulmões, mas só o que inalei foi cheiro do desinfetante, e comecei a ter ânsia de vômito.

"Se vomitar... só vai ter mais coisa para limpar", disse o guarda.

Eu segurei a vontade e continuei passando o enorme esfregão pelo chão. À direita e à esquerda os outros presos faziam a mesma coisa. No piso havia grandes arcos de água suja, cinzenta e espirais de bolhas marrons e fedidas. Eu queria tanto estar longe deste lugar, <u>longe deste lugar</u>, longe deste lugar.

 Lembrei da srta. O'Brien dizendo que a tarefa dela era me fazer parecer diferente aos olhos do júri, diferente de Bobo, de Osvaldo e de King. Enquanto tentava não vomitar, pensei que o que queria mesmo era ser durão como eles.

FADE IN: MONTAGEM EM TELA DIVIDIDA em quatro: três imagens alternam entre tomadas das testemunhas e dos réus. Ouvimos apenas uma testemunha de cada vez, mas as outras ainda estão claramente falando nas outras telas. Na tela superior esquerda está o DETETIVE WILLIAMS. Na inferior esquerda está ALLEN FORBES, um funcionário municipal. Na inferior direita está o DR. JAMES MOODY, perito médico. A tela superior direita às vezes está preta, outras, branca ofuscante. Ocasionalmente as imagens daqueles que não estão falando são substituídas por imagens de KING e STEVE, e temos TOMADAS DE REAÇÕES.

FORBES

Era uma arma registrada. Nossos registros mostram que o sr. Nesbitt solicitou licença para possuir uma arma no estabelecimento em agosto de 1989. Essa permissão ainda era válida. A arma estava licenciada para ele desde aquela época.

V. O. (PETROCELLI)

Então não há nada de inusitado ou ilegal em relação ao fato de a arma estar na loja de conveniência? Está correto, sr. Forbes?

FORBES

Provavelmente ele a queria para a loja. Isso está correto.

TROCA PARA DETETIVE WILLIAMS.

WILLIAMS

Cheguei à cena do crime às 5:15. Havia mercadorias no chão, entre os balcões. O corpo da vítima estava deitado no meio do caminho... as pernas estavam aparecendo um pouco atrás do balcão. Olhei em volta e observei um homem negro de meia-idade com aproximadamente 100 quilos. Estava bastante claro que tinha morrido. Havia lá uma equipe médica de emergência, e eles estavam justamente guardando as coisas quando cheguei. Olhei em torno e vi a arma. Um patrulheiro uniformizado a apontou para mim. Na hora eu não sabia se era a arma que tinha matado a vítima ou não. Não havia como saber sem fazer testes.

A caixa registradora estava aberta. Os trocados ainda estavam lá, mas nada de notas. Havia também diversos pacotes de cigarro no chão, e o funcionário mencionou que vários estavam faltando. Nós desenhamos o corpo com giz e depois o viramos.

V. O. (PETROCELLI)

A que o senhor se refere quando diz que desenharam o corpo com giz?

WILLIAMS

É quando a gente faz o contorno do corpo com o giz para mostrar a posição em que foi encontrado. Mandamos tirar fotos, e aí marcamos o corpo no chão para podermos virar o corpo e ver se havia alguma possível evidência debaixo da vítima. Não vi nada lá. Pelo dinheiro sumido da registradora, imaginei que tivesse sido um assalto seguido de homicídio. Os sujeitos da perícia médica queriam levar o corpo. Era hora de irem embora e eu autorizei que o levassem.

V. O. (PETROCELLI)

Detetive Williams, no decorrer da sua investigação do crime o senhor teve ocasião de falar com um certo sr. Zinzi?

WILLIAMS

Meu parceiro recebeu uma ligação de um sujeito que estava em Riker's Island. Era esse Sal Zinzi. Ele estava cumprindo seis meses por posse de bens roubados. Havia alguns caras lá dentro que estavam criando problemas para ele. Ele queria desesperadamente sair. Falou-me sobre um sujeito que lhe contara sobre outro que estava vendendo cigarros. Era uma pista mínima, mas nós a seguimos até achar Richard Evans.

V. O. (PETROCELLI)

Conhecido nas ruas como Bobo?

WILLIAMS

Conhecido nas ruas como Bobo, certo. Nós o pegamos e ele admitiu envolvimento no assalto.

TROCA PARA DR. MOODY.

MOODY (Faz constantes meneios com a cabeça enquanto depõe)

A bala entrou no corpo do lado esquerdo e atravessou subindo até o pulmão. Produziu uma laceração no pulmão e forte sangramento interno, e também atravessou o esôfago. Isso também produziu sangramento interno. A bala então se alojou na área do trapézio superior.

V. O. (PETROCELLI)

E o senhor conseguiu recuperar a bala dessa área?

MOODY

Sim, consegui.

V. O. (PETROCELLI)

Dr. Moody, o senhor pode nos dizer com razoável certeza a hora e a causa da morte?

MOODY

A morte foi causada por uma combinação de traumas dos órgãos internos, o que colocou a vítima em estado de choque, bem como pelos pulmões cheios de sangue. Ele não teve mais capacidade de respirar.

V. O. (PETROCELLI)

O senhor quer dizer que ele literalmente se afogou no próprio sangue?

TOMADA DE REAÇÃO: STEVE segura sua respiração com intensidade.

TOMADA DE REAÇÃO: KING inclina a cabeça, aparentemente sem se importar.

Sábado, 11 de julho

 Antes de ir embora, a srta. O'Brien me avisou para não escrever nada no meu caderno que eu não quisesse que a promotora visse.

 Perguntei à srta. O'Brien o que ela faria durante o fim de semana, e **ela me deu um olhar muito engraçado**, então me disse que provavelmente ia assistir a um jogo da sua sobrinha na liga infantil de beisebol.

 "Desculpe", ela disse. "Não tive intenção de deixar você de fora."

 Ela sorriu para mim, e eu me senti envergonhado por um sorriso significar tanto para mim. Conversamos mais um pouco e eu percebi que não queria que ela fosse embora. Quando lhe perguntei quantas vezes ela havia estado num julgamento no tribunal, sua boca se apertou e ela disse:

"Vezes demais."

Ela pensa que eu sou culpado. Sei que ela pensa que eu sou culpado. Posso sentir isso quando estamos sentados juntos no banco que reservaram para nós. Ela anota o que está sendo dito, e o que está sendo dito sobre mim, e soma tudo para chegar ao resultado de **culpado**.

"**Eu não sou culpado**", eu disse a ela.

"Você deveria ter dito 'Eu não fiz aquilo'", ela disse.

"**Eu não fiz aquilo**", eu disse.

Sunset recebeu o veredito ontem. Culpado.

"Cara, a minha vida é bem aqui", ele disse. "Bem aqui na cadeia. Eu sei que cometi o crime e preciso cumprir a pena. Não é grande coisa. Não é grande coisa. O máximo que podem me dar é de 7 a 10 anos, o que significa que posso sair em 5 anos e meio. Posso cumprir isso sem nem pensar, cara."

Está crescendo. Primeiro tive medo de ser surrado ou estuprado. Esse medo era como uma bolinha na boca do meu estômago. Agora a bola está crescendo quando penso sobre o tamanho da pena que posso receber. Homicídio qualificado dá de 25 anos a perpétua. A minha vida inteira vai ter ido embora. Um sujeito disse que **25 significa que é preciso cumprir pelo menos 20. Não posso ficar na prisão por 20 anos.** Simplesmente não posso!

Todo mundo aqui dentro fala ou de sexo, ou de machucar alguém, ou do motivo de estar aqui. **É só nisso que pensam** e é isso que está na minha cabeça também. O que foi que eu fiz? Entrei numa loja para procurar chicletes, então saí. O que há de errado nisso? **Eu não matei o sr. Nesbitt.**

Sunset disse que cometeu o crime. Não é isso que significa ser culpado? Você realmente fazer alguma coisa? Pegar uma arma e apontar para alguém num espaço pequeno e puxar o gatilho? Agarrar a bolsa e descer a rua gritando? Talvez até mesmo comprar algumas cartas de coleção de beisebol sabendo que foram roubadas?

Os caras na cela jogaram "Verdade ou Mentira" esta tarde e falaram, como sempre, sobre os seus casos. Pesaram a evidência contra eles e a favor deles e comentaram uns os casos dos outros. Alguns deles pareciam advogados. Os guardas trouxeram um sujeito chamado Ernie, que foi pego assaltando uma joalheria. Ele era baixinho e branco, cubano ou italiano. Eu não soube dizer. A polícia o tinha pegado em flagrante. Ele pegara o dinheiro e as joias, e então trancara os dois empregados na sala dos fundos com um cadeado que usavam nos portões da frente.

"Só que eu não consegui sair porque eles tinham um controle remoto da porta de entrada", disse Ernie. "Eu não sabia onde estava o controle e tinha trancado os dois caras que sabiam nos fundos."

Ele esperou duas horas nas quais as pessoas tentavam entrar na loja e viam que estava fechada, até que chamaram a polícia. Ele disse que não era culpado porque não tinha levado nada para fora da loja. Ele nem mesmo tinha uma arma, só a mão no bolso fingindo ser uma.

"E de que estão acusando você?", alguém perguntou.

"Assalto à mão armada, detenção ilegal, posse de arma letal, agressão e ameaças."

Mas ele não se sentia culpado. Tinha cometido um erro ao entrar na loja, mas quando o assalto não deu certo não havia nada que pudesse fazer.

"Digamos que você vai assaltar um cara e ele está sentado", continuou Ernie. "Você diz para ele: 'Me dê todo o seu dinheiro', e então ele se levanta e tem, sei lá, uns 2 metros de altura, e você tem que fugir correndo. Não podem acusar você de assaltar o sujeito, certo?"

Ele estava tentando se convencer de que não era culpado.

Um pouco antes do almoço houve uma briga e um cara levou uma facada no olho. O que foi esfaqueado gritava, mas isso não impediu o outro de surrá-lo ainda mais. **Aqui a violência ocorre o tempo todo, ou então está prestes a ocorrer.** Acho que esses sujeitos gostam, querem que a brutalidade seja normal porque estão acostumados a lidar com ela.

Se eu saísse depois de 20 anos, estaria com 36. Talvez eu não viva tanto. Talvez eu considere me matar para não ter de viver tanto tempo aqui dentro.

Mamãe veio me ver. É a primeira vez que vem e tentou me explicar por que não veio antes, mas ela não precisava explicar. Bastava você ver as lágrimas escorrendo pelo seu rosto e a história estava toda lá. Eu quis me mostrar forte, fazê-la acreditar que não precisava chorar por mim.

A sala de visitas estava lotada e barulhenta. Tentamos falar baixinho, criar uma espécie de privacidade com as nossas vozes, mas não conseguíamos nos ouvir mesmo estando a apenas 40 centímetros um do outro, que é a largura da mesa. Perguntei como estava o Jerry e ela disse que bem. Ela ia trazê-lo no dia seguinte, e eu poderia vê-lo pela janela.

"Você acha que eu devia ter arranjado um advogado negro?", ela perguntou. "Algumas pessoas do bairro disseram que eu deveria ter entrado em contato com um advogado negro."

Sacudi a cabeça. Não era uma questão de raça.

Ela me trouxe uma Bíblia. Os guardas deram uma busca nela. Eu quis perguntar se tinham achado alguma coisa. Salvação. Graça, talvez compaixão. Mamãe tinha marcado uma passagem para mim e me pediu para ler em voz alta:

"O Senhor é a minha força e o meu escudo; meu coração confia nele, e eu sou amparado: portanto, meu coração se regozija plenamente; e com meu cântico eu o louvarei".

"Parece que você já está aqui dentro há muito tempo", ela disse.

"Alguns sujeitos já cumpriram um calendário inteiro aqui dentro", respondi.

Ela olhou confusa para mim, e então perguntou o que significava aquilo. Quando eu lhe disse que cumprir um calendário significava passar um ano na cadeia, ela virou levemente a cabeça e então voltou a olhar para mim. O sorriso que surgiu de seus lábios veio de algum lugar bem de dentro dela.

"Não importa o que digam..." Ela estendeu o braço por cima da mesa, **pôs sua mão sobre a minha** e então a recolheu, com medo de que o guarda a tivesse visto. "Não importa o que digam, sei que você é inocente e te amo muito, muito."

E a conversa estava terminada. **Ela chorou. Silenciosamente.** Seu corpo se sacudia com os soluços.

Quando ela se foi eu mal consegui voltar para a área das celas. "Não importa o que digam..."

Deitei-me na minha cama. **Ainda podia sentir a dor da minha mãe.** E sabia que ela achava que eu não tinha feito nada de errado. Era eu que não tinha certeza. Era eu que estava deitado na cama perguntando a mim mesmo se estava me enganando.

CORTA PARA EXTERIOR: PLANO MÉDIO do PARQUE MARCUS GARVEY no HARLEM. STEVE está sentado num banco, JAMES KING está sentado com ele. KING tem os olhos turvos e fuma um baseado enquanto fala.

KING

É, bem, sabe, descobri onde fica o pagamento. Sabe o que eu quero dizer?

STEVE

Sim, acho que sim.

KING

Acha? Qual é essa de você estar só achando quando eu estou tão duro que não tenho grana nem para comprar uma lata de cerveja? Preciso juntar uma folha de pagamento. Encher os bolsos. E-N-C-H-E-R. Falei com o Bobo e ele tá dentro, mas corre o risco de não aparecer. Quando aparece, faz as coisas direito, mas às vezes age como se fosse um avoado ou algo assim.

STEVE

O Bobo não é nenhum Einstein.

KING

Tanto faz. Não é preciso ser nenhum Einstein para descolar grana. Basta ter garra. Você tem garra?

STEVE

Para quê?

KING

Para descolar grana. Tenho uma jogada certa. Sabe a loja de conveniência que pegou fogo uma vez? Eles já consertaram tudo. Essas lojas sempre guardam algum dinheiro.

STEVE

Foi isso que o Bobo disse?

KING

Foi. Nós só precisamos de um cara para ficar de olho. Sabe, dar uma sacada no lugar — ter certeza de que não há nenhum polícia tirando um cochilo no fundo. Tá a fim?

CORTA PARA CLOSE-UP de STEVE olhando para o outro lado.

CORTA PARA CLOSE-UP DE KING.

KING

E aí, o que vai ser?

Essa frase é repetida à medida que a câmera vai se afastando mais e mais, o som ficando mais e mais alto enquanto STEVE e KING se transformam em figuras minúsculas no agitado mosaico do Harlem.

Domingo, 12 de julho

 Teve ovos mexidos, batatas e picadinho de carne enlatada no café da manhã. Vários caras não vão ao café da manhã no domingo, e aqueles que vão podem comer à vontade. O sujeito atrás das panelas botou um monte de comida no meu prato e me deu um sorriso. Aqui você não sorri de volta para quem sorri para você, então eu simplesmente fui embora.

 Tinha missa e eu fui. Havia somente nove homens, e dois deles brigaram. **Foi uma briga feia, e o pastor chamou os guardas.** Eles vieram e começaram a dizer coisas tipo "Vai parando" e "OK, para trás". Mas disseram isso em voz calma como se na verdade não estivesse acontecendo nada e eles não se importassem se os caras estavam brigando ou não.

    Nós fomos trancados por causa da briga e nos mandaram ficar nas nossas celas até a uma hora. Uma hora da tarde é quando começa o horário de visitas no domingo.

    Na cela jogamos cartas e quase começou outra briga quando um dos caras pensou que alguém o tinha humilhado.

    Acho que finalmente entendo por que acontecem tantas brigas. Aqui dentro tudo o que você tem para si mesmo são as coisas superficiais, o jeito que as pessoas te olham e o que dizem. E se isso é tudo o que você tem, é preciso proteger. Talvez seja certo.

    Quando saímos das celas, a maioria dos caras foi para a área de recreação, e alguém ligou a TV. Estava passando um jogo de beisebol, mas não parecia real. Eram caras de uniforme jogando num campo verde. Estavam jogando beisebol como se fosse importante, e como se ninguém estivesse na cadeia, assistindo de um mundo completamente diferente. O mundo de onde eu vinha, onde eu tinha uma família ao meu redor, amigos e crianças com as quais eu ia à escola e até mesmo professores parecia muito distante.

Do corredor que levava à sala de recreação, olhei para a rua lá embaixo. O centro de Nova York ficava quase vazio aos domingos. As milhares de pessoas que corriam pelas ruas nos dias de semana estavam em casa. Eu estava procurando Jerry. **Eles não permitiam crianças na área de visitas**, o que era engraçado. Era engraçado porque se eu não estivesse preso, não teria permissão de ir até a sala das visitas.

À uma e quinze da tarde, lá embaixo na rua, havia algumas mulheres chamando outras. Então **vi meus pais e Jerry**.

Jerry estava parado na esquina, minúsculo. Era uma janela de tela e eu sabia que ele não podia me ver, mas de qualquer modo levantei a mão e acenei para ele. Também queria dizer que o meu coração não estava feliz e que eu não estava cantando louvores.

Meus pais vieram, um de cada vez, e ambos estavam animados e cheios de notícias do bairro e de Jerry.

"Você o viu lá embaixo na rua?", perguntou mamãe.

Eu disse que sim e tentei sorrir com ela. Seus olhos estavam sorrindo, mas sua voz estava rachada. De certa maneira penso que ela estava chorando por mim como se eu estivesse **morto**.

Eles foram embora e ainda restava um domingo longo demais para mim.

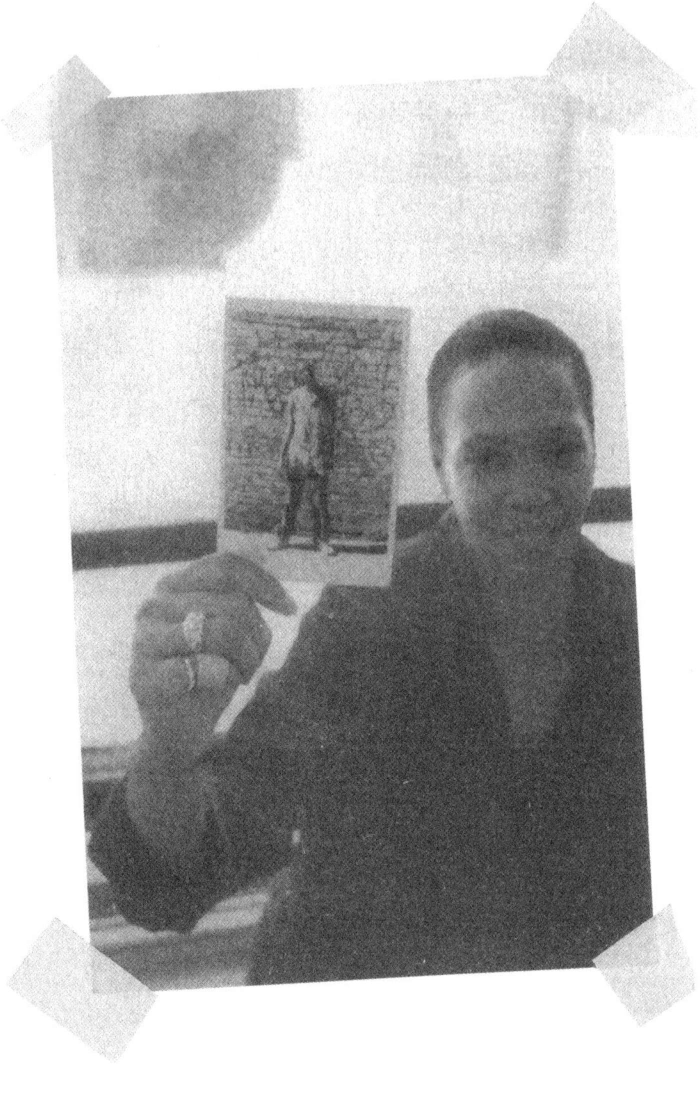

Fui dar outra olhada no filme. Eu preciso dele cada vez mais. De tantas maneiras o filme é mais real do que a vida que estou levando. Não, não é verdade. Eu só gostaria desesperadamente que isto fosse apenas um filme.

Segunda-feira é a vez do Estado. É isso o que a srta. O'Brien disse. Na segunda-feira eles vão trazer suas testemunhas principais.

Segunda-feira, 13 de julho

FADE IN: INTERIOR: SALA DO TRIBUNAL. Há uma sensação de expectativa no ar. PETROCELLI, BRIGGS e O'BRIEN estão falando com o JUIZ. PETROCELLI faz uma piada e O'BRIEN dá uma risada rápida. Todos voltam a suas respectivas mesas e o JUIZ faz um meneio para a ESTENÓ-GRAFA, que se endireita na cadeira, pronta para anotar os procedimentos do dia.

PETROCELLI

O Estado chama Lorelle Henry.

A câmera vai até os fundos da SALA DO TRIBUNAL. Um assistente da promotoria acompanha a entrada de LORELLE HENRY. A bibliotecária escolar aposentada, de 58 anos, é pequena e está elegantemente vestida. Ela foi um dia uma bela mulher e continua bastante atraente, parecendo bem mais jovem do que é. Ela se move com graça até o banco das testemunhas, evitando olhar tanto para o júri como para os réus.

PETROCELLI

Sra. Henry, a senhora se lembra de um incidente em dezembro passado no Harlem?

HENRY

Sim, eu me lembro.

PETROCELLI

A senhora pode nos contar a respeito desse incidente?

HENRY

Minha neta estava resfriada. Faltavam poucos dias para o Natal e eu não queria que isso arruinasse a festa dela. Eu a tinha levado ao Hospital do Harlem e eles disseram que não era nada sério, mas ela continuava tossindo. Fui até a loja de conveniência ver se encontrava algo para tosse. Estava olhando a prateleira de medicamentos, tentando descobrir qual seria o melhor para ela, quando ouvi alguém discutindo.

PETROCELLI

A senhora sabe qual era o motivo da discussão?

HENRY

Não, não sei.

PETROCELLI

Então o que aconteceu?

HENRY

O dono da loja, o sr. Nesbitt, veio ver qual era o motivo da discussão, e eu ouvi um dos homens envolvidos dizer para ele — perguntar onde estava o dinheiro.

PETROCELLI

A senhora tem certeza de que foi isso que ele disse?

HENRY (nervosa)

Não tenho tanta certeza assim. Acho que ouvi.

PETROCELLI

E o que a senhora viu durante esse tempo?

HENRY

Vi dois rapazes discutindo. Então vi um deles agarrar o dono da loja pela gola. **(Ela agarra sua própria gola para demonstrar.)**

PETROCELLI

E o que foi que a senhora fez?

HENRY

Eu saí da loja o mais rápido que pude. Achei que poderia haver confusão.

PETROCELLI

Sra. Henry, a senhora reconhece alguma pessoa presente aqui hoje neste tribunal que também esteve na loja de conveniência no dia a que a senhora está se referindo?

HENRY

O cavalheiro sentado àquela mesa é um dos homens que estava discutindo. **(Ela aponta para KING.)**

PETROCELLI

Que fique registrado que a sra. Henry indicou que o réu, James King, foi um dos homens que ela viu na loja de conveniência naquele dia. Sra. Henry, a senhora se lembra do dia em que presenciou o incidente naquela loja de conveniência?

HENRY

Foi dia 22 de dezembro. Era uma segunda-feira. Eu não queria que a Tracy — minha neta —

perdesse muita aula. Pensei que se ela pudesse aguentar o dia seguinte, ela ficaria bem por causa do feriado de Natal.

PETROCELLI

Obrigada. Sem mais perguntas.

CORTA PARA BRIGGS no pódio.

BRIGGS

Sra. Henry, a senhora teve oportunidade de ver alguma fotografia do sr. King?

HENRY

Sim, tive. Na delegacia.

BRIGGS

A senhora ouviu falar do assalto e da morte do sr. Nesbitt e foi até a polícia; isso está correto?

HENRY

Está correto.

BRIGGS

E a polícia lhe mostrou uma série de retratos — a senhora diria uns mil retratos?

HENRY

Mil? Não, talvez uns 30 a 40.

BRIGGS

Talvez 20?

HENRY

Acho que mais de 20.

BRIGGS

A senhora diria 27?

HENRY

Não poderia dizer com certeza.

BRIGGS

Então a verdade é que a polícia lhe mostrou algumas fotografias e pediu para a senhora cooperar com eles para achar um assassino. Isso é correto?

HENRY

Mais ou menos.

BRIGGS

Mais ou menos? Bem, eu quero chegar à verdade nessa questão, sra. Henry. A polícia de fato lhe mostrou as fotos e estava buscando a sua cooperação para encontrar um assassino? Isso está correto?

HENRY

Sim.

BRIGGS

Sra. Henry, enquanto a senhora estava olhando os retratos, houve momentos de hesitação? Houve momentos em que a senhora não tinha muita certeza, ou reconheceu o sr. King assim que viu seu retrato?

HENRY

Eu não o reconheci de pronto, mas depois reconheci — os retratos são um pouco diferentes de como ele é pessoalmente.

BRIGGS

Então como a senhora o reconheceu se a aparência dele é diferente nas fotografias?

HENRY

Eu por fim o reconheci. E, quando o vejo agora, eu o reconheço.

BRIGGS

Sra. Henry, a senhora alguma vez recebeu uma descrição do sr. King? Alguém alguma vez lhe disse quanto ele pesava ou qual era a sua altura?

HENRY

Não, nunca me disseram.

BRIGGS

A senhora comentou que alguém disse alguma coisa sobre o sr. Nesbitt mostrar onde estava o dinheiro, isso é correto?

HENRY

É correto.

BRIGGS

A senhora se lembra de quem disse isso? Foi o homem que a senhora pensa ser o sr. King?

HENRY

Não sei.

BRIGGS

A senhora testemunhou numa audiência prévia ao julgamento que tinha algum problema em testemunhar que o sr. King esteve envolvido nesse episódio, isso é correto?

HENRY

Eu tenho problema em testemunhar contra um homem negro, se é isso que o senhor está querendo dizer.

BRIGGS

Mas de algum modo a senhora não tem problema em identificar o sr. King neste momento; não é mesmo?

HENRY

Eu acho que estou fazendo a coisa certa. Penso estar identificando o homem certo.

BRIGGS

A senhora alguma vez identificou o sr. King numa fila de identificação?

HENRY

Sim, identifiquei.

BRIGGS

Isso foi antes ou depois de ter visto as fotografias?

HENRY
Foi depois que vi as fotografias.

BRIGGS
E quantos homens estavam naquela fila de identificação?

HENRY
Acho que eram seis.

BRIGGS
Seis. Apenas seis. Sem mais perguntas.

CORTA PARA O'BRIEN sentada à mesa. Ela ergue os olhos para o juiz e balança a cabeça.

O'BRIEN
Sem perguntas, Excelência.

CORTA PARA PETROCELLI.

PETROCELLI
A senhora tem alguma dúvida de que o homem que identificou a partir das fotografias é o mesmo homem que está aqui sentado a esta mesa?

HENRY

Não, não tenho.

PETROCELLI

Obrigada. Nada mais.

PLANO MÉDIO de BRIGGS, seu ASSOCIADO e JAMES KING.

BRIGGS (para KING)

Enquanto este sujeito estiver testemunhando, quero que você tome nota. Simplesmente anote qualquer pergunta que você queira que façamos a ele.

KING

Como por exemplo?

BRIGGS

Não se preocupe com isso. Só precisamos que o júri saiba que estamos questionando o sujeito.

PETROCELLI

Richard "Bobo" Evans, Excelência.

Panorâmica até a lateral da SALA DO TRIBUNAL, onde um OFICIAL DE JUSTIÇA abre a porta e põe

o corpo do lado de fora. Ele segura a porta aberta até que RICHARD "BOBO" EVANS entra. É um homem grande, pesado e feio. O cabelo está despenteado, e o seu moletom cor de laranja da prisão está amarrotado.

BRIGGS

Excelência, podemos nos aproximar?

BRIGGS, O'BRIEN, PETROCELLI e a ESTENÓGRAFA aproximam-se da cadeira do JUIZ, onde falam em sussurros.

BRIGGS

Por que ele está vestido com o uniforme da prisão? A promotoria vai tentar ligá-lo ao meu cliente. Ele de uniforme prejudica o meu cliente.

PETROCELLI

Ele se recusou a vestir um terno. Nós oferecemos.

BRIGGS

Mesmo assim é prejudicial.

JUIZ

Para dizer a verdade, não creio que vá fazer tanta diferença. Esse sujeito tem jeito de marginal e vai se comportar de acordo. Não quero ficar segurando o caso enquanto vocês o convencem a vestir um terno. Vamos continuar com o julgamento.

BRIGGS

Gostaria de estabelecer o protesto.

JUIZ

OK, e eu vou indeferi-lo. Vamos seguir adiante.

Todos voltam para seus respectivos lugares com **PETROCELLI** no pódio.

PETROCELLI

Por favor, diga seu nome completo.

BOBO

Richard Evans.

PETROCELLI

Sr. Evans, quantos anos o senhor tem?

BOBO

22.

PETROCELLI

De vez em quando o senhor é conhecido por outro nome? Um apelido ou codinome?

BOBO

Me chamam de Bobo.

PETROCELLI

Agora, sr. Evans, o senhor conhece as pessoas sentadas nessas duas mesas, o sr. Steve Harmon e o sr. James King?

BOBO

Conheço, conheço os dois.

PETROCELLI

Há quanto tempo os conhece?

BOBO

Conheço o King desde pequeno. O outro cara eu só conheci antes do assalto.

PETROCELLI

Antes de prosseguirmos, sr. Evans, noto que o senhor está vestindo um uniforme da prisão. Qual é a sua situação atual?

BOBO

Estou cumprindo uma dura e meia em Greenhaven.

PETROCELLI

O senhor faria o favor de explicar ao júri o que significa "uma dura e meia"?

BOBO

De 7 anos e meio a 10 anos.

PETROCELLI

E pelo que o senhor está cumprindo pena?

BOBO

Venda de drogas.

PETROCELLI

E o senhor já foi preso antes?

BOBO

Eu fui preso por **(hesita)** arrombamento e invasão, roubo de automóvel e uma vez por tirar o rádio de um carro e outra por brigar com um cara que morreu.

PETROCELLI

Então a prisão por brigar com uma cara que morreu foi homicídio, está certo?

BOBO

Está. Peguei três anos.

PETROCELLI

Penso que a ficha mostrará que o senhor pegou de cinco a 10 anos, e cumpriu três. Está correto?

BOBO

Pode ser.

PETROCELLI

Sr. Evans, pode me contar o que aconteceu em 22 de dezembro do ano passado?

BOBO

Eu e King planejamos um golpe e o fizemos.

PETROCELLI

O senhor pode explicar ao júri qual era especificamente esse "golpe"?

BOBO

Assaltamos uma loja de conveniência.

PETROCELLI

Pode me contar o máximo possível sobre o plano e sobre o que efetivamente aconteceu?

BOBO

Fomos até o lugar e ficamos sentados num carro do lado de fora. Depois recebemos o sinal dele...

PETROCELLI

Que fique registrado que o sr. Evans está apontando para o sr. Harmon. Prossiga.

O'BRIEN

Protesto!

JUIZ

Aceito. Ele o está identificando ou não?

PETROCELLI

O senhor pode identificar o homem de quem recebeu o sinal de que tudo estava em ordem?

BOBO

É aquele ali sentado perto da mulher de cabelo ruivo.

PETROCELLI

Que fique registrado que o sr. Evans está identificando o sr. Harmon. Prossiga.

BOBO

Então recebemos o sinal de que tudo estava tranquilo. King deu uma tragada num barato que nós tínhamos e então entramos. Começamos um bate-boca com o cara atrás do balcão. Ele tirou um berro e começou a gritar e coisa assim.

PETROCELLI

Um berro?

BOBO

É. Uma arma. De qualquer modo, King ficou tentando tirar a arma dele e eu fui atrás do dinheiro. Então ouvi a arma disparar. Olhei e vi o cara caindo no chão e King segurando o berro. Pegamos o que queríamos e nos separamos. Foi isso.

PETROCELLI

O que mais vocês pegaram além do dinheiro?

BOBO

Pegamos uns cigarros e fomos embora.

PETROCELLI

E então o que fizeram?

BOBO

Então descemos até aquela lanchonete que vende frango na avenida Lenox, do outro lado da ponte. Traçamos umas iscas de frango frito e refrigerantes.

PETROCELLI

Quem estava junto com vocês nessa hora?

BOBO

Só eu e King.

PETROCELLI

Quando vocês ficaram sabendo que o sr. Nesbitt, o dono da loja, estava morto?

BOBO

A notícia já estava na rua naquela noite.

PETROCELLI

O que aconteceu com o dinheiro que levaram do assalto?

BOBO

Como eu disse, gastamos uma parte dele nas iscas de frango frito. Então eu e King dividimos o resto.

PETROCELLI

O senhor indicou que o sr. Harmon lhe deu um sinal de tudo limpo para poderem prosseguir com o assalto, está certo?

BOBO

Está.

PETROCELLI

E ele não deveria receber parte do dinheiro?

O'BRIEN

Protesto! Se a srta. Petrocelli quer testemunhar em...

JUIZ

Aceito! Aceito! Não vamos nos deixar levar. Reformule a pergunta.

PETROCELLI

Alguém mais deveria receber parte do dinheiro?

BOBO

O moleque porto-riquenho deveria receber um trocado, e o amigo de King também.

PETROCELLI

O senhor disse que recebeu um sinal do sr. Harmon. Pode me dizer qual foi esse sinal?

BOBO

Ele deveria nos dizer se havia alguém na loja de conveniência. Ele não disse nada, então imaginei que estava tudo bem.

PETROCELLI

E o senhor decididamente viu o sr. Harmon saindo da loja conforme o planejado?

BOBO

Sim.

PETROCELLI

Até onde senhor sabe, o tiro que atingiu o sr. Nesbitt foi acidental?

BOBO

Perguntei a King o que tinha acontecido, e ele disse que teve de apagar o sujeito porque estava tentando agarrá-lo e segurá-lo. Ele era velho, mas era forte, como alguns daqueles manos do Caribe. Sabe o que estou querendo dizer?

PETROCELLI

Pode me dizer como foi que o senhor foi preso?

BOBO (constrangido)

Eu vendi cigarros para aquele cara... o nome dele é Bolden, Golden, algo assim. Aí ele vendeu para um garoto branco e aí o garoto branco entregou ele com uma ligação e ele me entregou. Ligaram para 4-1-1, 9-1-1, 7-1-1, acho que também para uns números 0800. Aí vieram os tiras e começaram a falar comigo. Eu disse que não sabia de nada, mais fui pego numa bobagem e dancei.

PETROCELLI

Pode explicar ao júri como foi pego?

BOBO

Cara, aquele mano com cara de coitadinho e maleta executiva me procurou e disse que queria comprar umas pedras. Fiquei tão pirado com aquele filhinho de papai pedindo crack que marquei bobeira. Pus as pedras na frente dele, e ele botou as algemas em mim. Os tiras geralmente não têm cara de coitadinho. Decididamente não foi uma coisa correta.

JUIZ

Ele estava carregando uma maleta executiva?

BOBO

Dá prá acreditar numa porra dessas?

PETROCELLI

Sr. Evans, foi prometido ao senhor um acordo pelo seu testemunho. Pode nos dizer qual é esse acordo?

BOBO

Se eu disser o que aconteceu, a verdade, posso pleitear uma pena menor e cumprir de 10 a 15 anos.

PETROCELLI

O senhor está dizendo a verdade hoje?

BOBO

Estou.

PETROCELLI

Sem mais perguntas.

CORTA PARA ASA BRIGGS. Ele folheia alguns papéis, faz um meneio de aprovação e aí se aproxima do pódio do qual vai interrogar BOBO.

BRIGGS

Sr. Evans, o senhor admite que esteve na loja de conveniência, isso é correto?

BOBO

É.

BRIGGS

O senhor também admite que esteve na loja de conveniência para cometer um crime. Isso é correto?

BOBO

É.

BRIGGS

Então o senhor esteve na loja de conveniência, cometendo um crime, no caso, um assalto; e durante a execução desse crime um homem foi morto?

BOBO

É.

BRIGGS

Então, pela sua própria admissão, pela lei do estado de Nova York, o senhor é culpado de crime de assassinato, para o qual a pena possível varia de 25 anos a perpétua sem condicional.

BOBO

E daí?

BRIGGS

E o senhor ainda não foi julgado por esse crime. Assim, se quiser andar de novo pelas ruas, é melhor arranjar alguém para arcar com esse peso. Não está correto?

BOBO

O que você está dizendo? Que eu estou tentando pleitear uma redução? Acabei de lhe dizer que era isso que eu estava tentando fazer.

BRIGGS

E nós sabemos quem o senhor é, não sabemos? O senhor é o traficante de drogas e o ladrão que foi capaz de ver um homem assassinado e ir até a lanchonete fazer uma bela refeição. É isso que o senhor é, certo?

BOBO

Eu não tinha comido nada o dia todo.

BRIGGS

Então depois de matar o sr. Nesbitt...

BOBO

Eu não matei ele.

BRIGGS

No que diz respeito a este júri, o senhor é o único que admitiu ter estado na loja de conveniência quando o Sr. Nesbitt foi morto. O senhor admitiu ter planejado o assalto. O senhor também admitiu ter levado os cigarros, e admitiu ter estado lá quando o sr. Nesbitt estava estirado no chão da loja pela qual tinha trabalhado tanto. Mas agora o senhor culpa outra pessoa pelo assassinato para conseguir uma redução para si, não é isso?

BOBO

Eu acho que o King estava chapado ou não teria atirado no sujeito. Ele não precisava ter atirado. Ele é a causa de eu estar nessa encrenca.

BRIGGS

Não é o senhor? Não foi o senhor quem quis fazer o assalto?

BOBO

Cara, tô fora dessa.

BRIGGS

Sem mais perguntas.

JUIZ

Srta. O'Brien?

O'BRIEN (da sua cadeira)

Sr. Evans, quando foi que o senhor teve uma conversa com o sr. Harmon sobre esse assalto?

PETROCELLI (sorrindo)

Quem sabe a advogada de defesa não gostaria de se aproximar do pódio?

O'BRIEN levanta-se e vai lentamente até o pódio, olhando suas anotações.

BOBO

Eu não tive nenhuma conversa com ele. Ele é amigo do King.

O'BRIEN

Então permita-me deixar isto claro. O que era que o sr. Harmon devia fazer se houvesse algum tira na loja de conveniência?

BOBO

Fazer um sinal para nós.

O'BRIEN

E qual devia ser esse sinal?

BOBO

Alguma coisa que nos fizesse saber que havia tiras lá dentro.

O'BRIEN

E se não houvesse tiras lá dentro, o que ele devia fazer?

BOBO

Eu não sei.

O'BRIEN

O senhor disse que planejou o assalto com o sr. King. Ele não lhe disse?

BOBO

Eu achei que King tinha deixado tudo acertado. Ele me disse que estava tudo em ordem.

O'BRIEN

O senhor testemunhou que não tinha uma arma quando estou na loja de conveniência. Isso está correto?

BOBO

Está.

O'BRIEN

Como o senhor sabia — como o senhor sabe agora — que a arma que foi usada não foi levada para dentro da loja por qualquer pessoa que tenha estado com o senhor?

BOBO

King disse que não tinha arma nenhuma.

O'BRIEN

Então o senhor está confiando bastante no que lhe foi dito sobre o assalto. Isso é correto?

BOBO

Exceto pelo que eu vi.

O'BRIEN

E o que o senhor viu foi quando esteve efetivamente envolvido no assalto?

BOBO

Isso mesmo.

O'BRIEN

O senhor chegou a falar com Osvaldo?

BOBO

Eu disse algumas palavras a ele.

O'BRIEN

O senhor disse a ele que era melhor ele participar do crime ou o senhor lhe faria mal?

BOBO

Ele queria participar.

O'BRIEN

Mas ele testemunhou que o único motivo de estar envolvido nesse assalto era que ele tinha medo do senhor.

BOBO

Eu não meteria ninguém numa confusão pesada se a pessoa não quisesse estar lá. Não se pode confiar em alguém que não queira estar lá.

O'BRIEN

Quando estava na loja de conveniência — e o senhor admitiu que esteve lá — viu alguma outra pessoa na loja?

BOBO

Eu não vi aquela senhora.

O'BRIEN

Mas o senhor sabe que havia uma senhora na loja. Isso é correto?

BOBO

É.

O'BRIEN

Como o senhor descobriu isso, com o sr. King?

BOBO

O detetive me disse.

O'BRIEN

King lhe contou os planos, ou o que ele queria que o senhor soubesse. A polícia lhe contou sobre a testemunha. O senhor tem certeza de que esteve lá?

BOBO

Eu lhe disse que estive lá.

O'BRIEN

Na realidade, o seu acordo depende de o senhor admitir que esteve lá, não é, sr. Evans?

BOBO

É.

O'BRIEN

O senhor falou com Osvaldo depois do assalto?

BOBO

Não.

O'BRIEN

O senhor falou com o sr. Harmon?

BOBO

Não.

O'BRIEN

E quanto ao dinheiro? O senhor não deveria ter dividido o dinheiro?

BOBO

Quando descobrimos que o sujeito estava morto, nós decidimos ficar na moita.

O'BRIEN

Quem é "nós" que decidiu ficar na moita?

BOBO

Eu e King.

O'BRIEN

Obrigada; sem mais perguntas.

CORTA PARA PETROCELLI, que arruma os óculos.

PETROCELLI

Antes do assalto, um pouquinho antes do assalto, o que o senhor e o sr. King estavam fazendo?

BOBO

Um pouquinho antes de entrar?

PETROCELLI

Sim, pouco antes de entrar, o que vocês estavam fazendo?

BOBO

Esperando ele sair.

PETROCELLI

A quem está se referindo quando diz "ele"?

BOBO

Ele, o cara sentado ali naquela mesa.

PETROCELLI

Que fique registrado que o sr. Evans está se referindo a Steve Harmon. Nada mais.

O'BRIEN

(Levanta-se rapidamente.) Mas o senhor não havia conversado com o sr. Harmon antes do assalto?

BOBO

Não.

O'BRIEN

E não conversou com ele depois do assalto nem dividiu nenhum dinheiro com ele?

BOBO

Eu lhe disse que decidimos ficar na moita. Nós teríamos dado a parte dele mais tarde, quando as coisas esfriassem.

O'BRIEN

E essa hora alguma vez chegou?

BOBO

Eu não sei o que o King fez.

O'BRIEN

Mas pelo que o senhor saiba, não houve dinheiro entregue ao sr. Harmon.

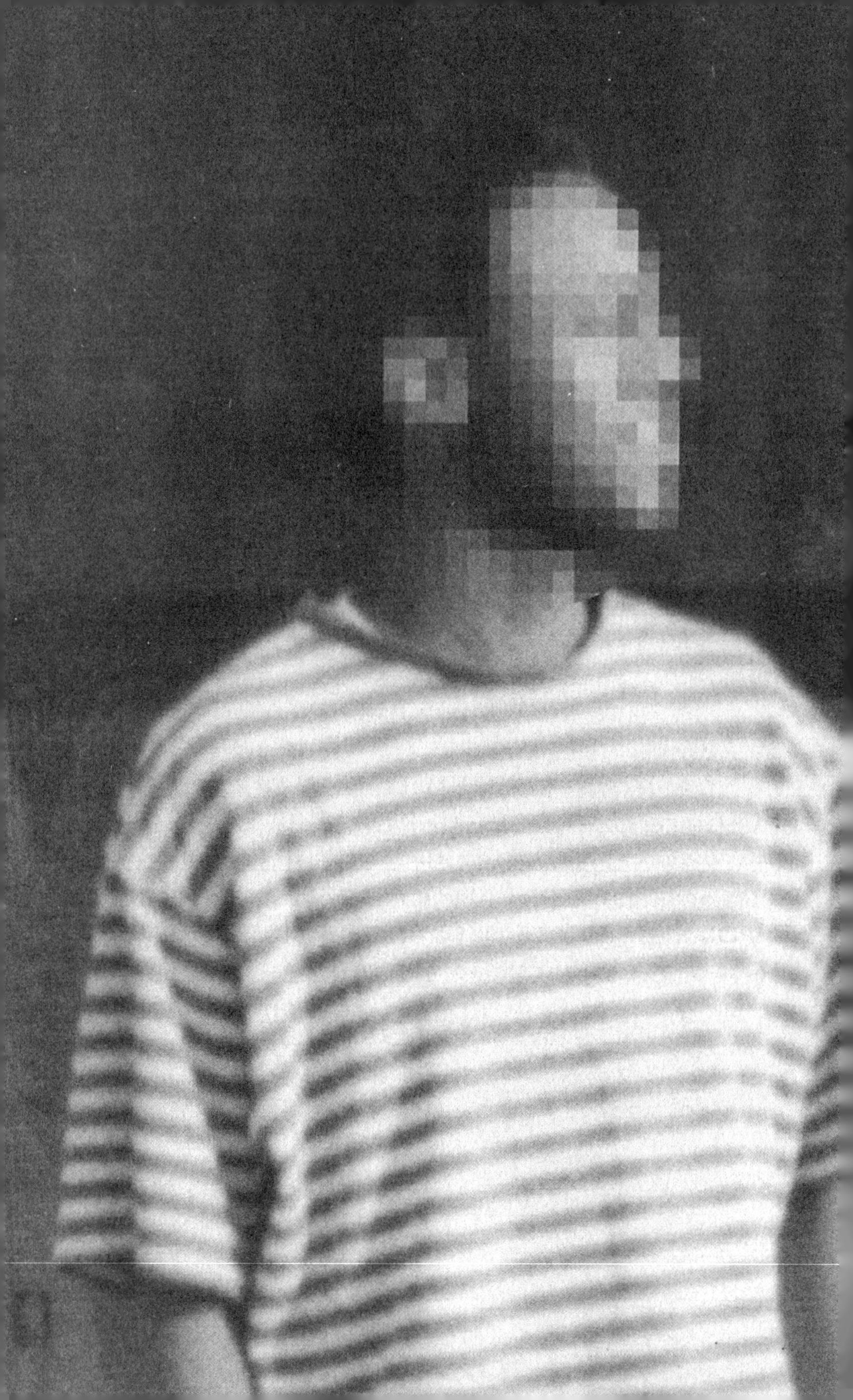

BOBO

Eu não sei o que o King fez.

O'BRIEN

Sem mais perguntas.

CORTA PARA PLANO MÉDIO dos **JURADOS** do ponto de vista de **STEVE**. Um **JURADO**, um homem de meia-idade, olha diretamente para a câmera por um longo tempo. A câmera então se afasta como se **STEVE** tivesse se virado, evitando aquele olhar acusador.

PETROCELLI

O povo está satisfeito.

FADE OUT.

FADE IN: Círculos concêntricos coloridos e música de realejo. Uma **CIDADE DE DESENHO ANIMADO** agitada, apressada, ganha vida na tela. Então um **HOMENZINHO DE DESENHO ANIMADO**, vestindo um antiquado roupão, olha pela janela.

HOMEM DO DESENHO ANIMADO (gritando)

O povo está satisfeito!

Na tela, todos os PERSONAGENS DO DESENHO ANIMADO param, carros freiam ruidosamente, e então todo mundo vai dormir. O povo dorme, satisfeito.

CORTA PARA INTERIOR: SALA DO TRIBUNAL

JUIZ

Esta tarde depois do almoço vou receber moções. A defesa pode apresentar sua argumentação como primeira coisa amanhã de manhã. Está um belo dia lá fora, e vamos adiar para amanhã e dar folga ao júri o resto dia, a não ser que alguém tenha alguma objeção.

Vemos o JÚRI saindo, depois as várias partes também saem. Vemos a SRA. HARMON aproximar-se e falar com O'BRIEN. A MÃE DE STEVE fica perturbada quando um OFICIAL DE JUSTIÇA chega perto e fica ao lado de STEVE.

FADE OUT.

Terça-feira, 14 de julho

A srta. O'Brien veio me ver esta tarde. Ela parecia cansada. Disse que o testemunho de Bobo nos prejudicou muito e que ela tinha que achar um jeito de me separar de King, mas o advogado dele queria garantir que o júri me relacionasse com ele porque eu parecia um sujeito bem decente. Ela conversou comigo por quase uma hora. Várias vezes deu palmadinhas na minha mão. Perguntei-lhe se isso significava que ela achava que íamos perder o caso. Ela disse que não, mas eu não acredito nela.

Estou com muito medo. Meu coração está batendo feito louco e eu estou com dificuldade de respirar. A encrenca em que me meti parece cada vez maior. Eu me sinto oprimido por ela. Ela está me esmagando.

Faz um dia lindo lá fora. Na rua, as pessoas andam se cruzando pelas vias estreitas. Há táxis amarelos circulando lentamente. Na esquina um carrinho vende comida, salsichas ou salsichões, eu acho, e refrigerantes. As pessoas ficam em volta, compram o que querem, depois vão embora. **É algo que eu gostaria de fazer**: me afastar de onde estou.

Amanhã começamos a nossa argumentação, e eu não sei o que vamos fazer. Ouço a mim mesmo pensando como todos os outros prisioneiros aqui, tentando me convencer de que tudo vai acabar bem, que o júri não pode me considerar culpado por isso ou aquilo. Talvez estejamos aqui porque mentimos para nós mesmos.

    Deitado na minha cama, penso em tudo o que aconteceu no último ano. Não havia nada de extraordinário na minha vida. Nenhum raio descendo do céu azul. Eu não disse nenhuma palavra mágica para me transformar em outra pessoa. Mas aqui estou eu, prestes a perder a minha vida, ou a vida que eu costumava ter. **Posso entender por que**, quando estamos na cadeia, eles **tiram da gente os cadarços e o cinto.**

    A srta. O'Brien me fez listar todas as pessoas que eu amo e que me amam. E também tive de listar as pessoas que admiro. Escrevi duas vezes o nome do sr. Sawicki.

O sr. Briggs vai apresentar a defesa de King primeiro. A srta. O'Brien vai falar depois, mas ela diz que precisa tomar cuidado porque, se disser alguma coisa que passe uma imagem ruim do King e o sr. Briggs a atacar, as coisas podem ficar ruins para mim.

"Podemos usar alguns amigos", ela disse.

Quando ela foi embora e eu tive de voltar para a área das celas, estava mais deprimido do que já estive desde que vim para cá. **Gostaria que Jerry estivesse aqui.** Não na cadeia, mas de algum

modo comigo. O que eu diria para ele? Pense em todos os amanhãs da sua vida. Sim, é isso que eu diria.
Pense em todos os amanhãs da sua vida.

    Quando as luzes se apagaram, achei ter ouvido **alguém chorando no escuro.**

FADE IN: INTERIOR: SALA DO TRIBUNAL: DOROTHY MOORE está no banco das testemunhas. É parda, uma mulher de aparência muito agradável. Ela olha com sinceridade para ASA BRIGGS.

BRIGGS

A que horas a senhora se lembra de o sr. King ter voltado para sua casa naquela tarde?

MOORE

Três e meia.

BRIGGS

E a senhora tem certeza da hora?

MOORE (confiante)

Muita certeza, senhor.

BRIGGS

Nada mais.

PETROCELLI

Sra. Moore, com que frequência o sr. King vai para sua casa?

MOORE

Umas duas vezes por mês. Ele é meu primo.

PETROCELLI

A senhora se lembra do propósito da visita?

MOORE

Ele estava só dando uma passada. Viu um abajur que achou que eu poderia gostar e me trouxe. Falamos sobre o Natal que estava chegando.

PETROCELLI

Ele comprou o abajur para a senhora?

MOORE

Sim, comprou.

PETROCELLI

A senhora se lembra se na época ele estava trabalhando? Ele tinha algum emprego?

MOORE

Acho que não.

PETROCELLI

E mesmo assim lhe comprou um abajur. A senhora sabe quanto custou o abajur?

MOORE

Não, não sei.

PETROCELLI

Mas foi bacana da parte dele, não foi?

MOORE (em tom de reflexão)

Acho que sim.

PETROCELLI

E a senhora gosta muito dele, não gosta?

MOORE

Eu não mentiria por ele, se é isso que a senhora está dizendo.

PETROCELLI

Antes dessa visita, quando foi a última vez que a senhora viu o sr. King?

MOORE

Acho que duas semanas antes. Não sei a data exata.

PETROCELLI

Que tipo de trabalho ele estava procurando?

MOORE

Qualquer emprego. Eu não sei.

PETROCELLI

Ele tem carteira de motorista?

MOORE

Não sei.

PETROCELLI

A senhora realmente não sabe muita coisa sobre o seu primo, não é?

MOORE

Eu sei que o vi naquele dia.

PETROCELLI (em tom condescendente)

E a senhora, o que faz para ganhar a vida?

MOORE

Trabalho como diarista, mas naquela semana não estava trabalhando, porque tinha machucado o tornozelo. Fui ao médico na segunda-feira, e a senhora pode confirmar isso.

PETROCELLI

Não é preciso confirmar o que a senhora estava fazendo, sra. Moore. Alguém viu o sr. King na sua casa naquele dia?

MOORE

Acho que não.

PETROCELLI

A senhora ainda tem o abajur? Aquele que o sr. King tão gentilmente comprou para a senhora?

MOORE

Quebrou.

PETROCELLI

Devo considerar que isto quer dizer que a senhora não o tem mais?

MOORE

Não fazem mais coisas para durar. Acho que era da Coreia ou outro lugar assim.

PETROCELLI

Mais uma vez, devo considerar que isso quer dizer que a senhora não tem mais o abajur?

MOORE

Não tenho agora, mas tinha, sim.

PETROCELLI

Sim, é claro. Obrigada. Sem mais perguntas.

CORTA PARA: GEORGE NIPPING no banco das testemunhas. Ele tem cerca de 50 anos e usa óculos com aro de metal. Fala com precisão e, de forma geral, causa boa impressão.

BRIGGS

Sr. Nipping, o senhor sabe, se o sr. King é destro ou canhoto?

NIPPING

Ele é canhoto. Sei disso porque quando ele era criança comprei uma luva para ele, uma luva de beisebol, e tive de levar de volta porque ele era canhoto.

BRIGGS

O senhor sabe se alguma vez ele já fez alguma coisa de importância com a mão direita?

NIPPING

Não, eu nunca o vi usar a mão direita para nada.

Vemos STEVE escrevendo no seu bloco.

CORTA PARA: O BLOCO. O'BRIEN está escrevendo uma observação embaixo da pergunta de STEVE: "O que significa isto tudo?". Ela escreve: "O ferimento foi na parte esquerda do corpo, o que poderia indicar que o atirador era destro. É um argumento fraco".

BRIGGS

E, para que fique registrado, há quanto tempo o senhor conhece o sr. King?

NIPPING

Eu diria uns 17, 18 anos.

BRIGGS

Obrigado.

CORTA PARA: NIPPING no banco de testemunhas diante de PETROCELLI.

PETROCELLI

O senhor alguma vez viu o sr. King atirar num homem?

NIPPING

Não, não vi.

PETROCELLI

Então, quando ele dispara uma arma, o senhor não sabe que mão ele usa. Está certo?

BRIGGS

Protesto!

PETROCELLI (ignorando o protesto)

Se o sr. King estivesse lutando fisicamente com alguém e por acaso a arma estivesse do lado direito, o senhor sabe o que ele faria?

NIPPING

Não, não sei.

PETROCELLI

Nada mais.

CORTA PARA: AULA DE CINEMA. PLANO MÉDIO do SR. SAWICKI.

SAWICKI

Há uma porção de coisas que vocês podem fazer com um filme, mas vocês não têm acesso ilimitado à sua audiência. Em outras palavras, mantenham o filme simples. Contem a história; ninguém vai atrás do técnico de câmera para contar a história por você. Quando se vê um cineasta começando a enfeitar demais, podem apostar que ele está preocupado com a sua história ou com a sua habilidade de contá-la.

CORTA PARA: INTERIOR: SALA onde os advogados se encontram com seus clientes. TELA DIVIDIDA. De um lado está O'BRIEN andando nervosamente. Do outro está STEVE, sentado.

O'BRIEN

Você vai ter que depor — olhe para o júri e deixe o júri olhar para você, e diga que é inocente. Sei que o juiz dirá ao júri para não inferir nada se você não depuser, mas eu acredito que o júri quer ouvir isso de você. Acho que eles querem ouvir o seu lado da história. Você é capaz de lidar com isso?

Vemos STEVE fazendo que sim com a cabeça.

O'BRIEN

O ponto mais forte da promotora contra você é sua ligação com King. Ela fez Bobo admitir o assalto e o elo dele com King. Você me disse que conhece King. Não sei por que você escolheu esse homem para ter como conhecido, mas você vai se dar muito mal se não conseguir estabelecer alguma distância entre vocês aos olhos do júri. Você vai ter de quebrar esse elo. Ele está lá sentado com ar ranzinza. Talvez ele se ache durão; sei lá. O que eu sei é que é bom você botar alguma distância entre si mesmo e qualquer coisa que um sujeito durão represente.

Você precisa se apresentar como alguém em quem os jurados possam acreditar. Briggs não vai botar King para depor. Isto ajuda, mas quando ele nos ver separando vocês, vai perceber que o cliente dele está encrencado.

STEVE

Como sabe que ele não vai testemunhar?

O'BRIEN

King fez uma declaração à polícia quando foi preso. Disse que não conhece Bobo. Mas a promotoria pode provar que isso é mentira. Então, se ele testemunhar, eles podem usar suas próprias declarações contra ele, e ele estaria frito. Se você não testemunhar, simplesmente deixará o elo entre você e King mais forte na cabeça do júri. Acho que você deve testemunhar. E a forma como você vai passar o resto da sua juventude pode muito bem depender de quanto o júri vai acreditar em você.

STEVE

Aquela mulher disse que o King estava com ela.

O'BRIEN

Certo, mas Petrocelli nem se deu ao trabalho de fazer um interrogatório cruzado muito demorado. Você notou isso? Ela desconsiderou a sra. Moore com o seu tom de voz. Uma prima que gosta dele testemunha que ele estava na casa dela. Grande coisa. Com todas as evidências contra ele, isso não conta muito. O advogado dele vai depender da argumentação de encerramento para ganhar o caso, e eu não acho que vá ser muito efetiva a não ser que tenha muita, muita sorte. Os casos são ganhos nas argumentações finais somente na televisão, não nos tribunais de verdade.

TOMADA ÚNICA EM PLANO MÉDIO. Vemos STEVE concordando com a cabeça, olhando para baixo. Vemos O'BRIEN olhando para ele, estudando-o atentamente. Ela se senta e respira fundo.

O'BRIEN

(Pondo um copo descartável sobre a mesa.) OK, Steve, agora pense comigo. Nós vamos fazer um joguinho. Vou pegar este copo e colocá-lo sobre a mesa. Então vou lhe fazer algumas perguntas. Quando eu gostar da resposta que você deu, vou deixar o copo virado para cima. Quando não gostar da resposta, viro o copo de cabeça para baixo. Você tem que descobrir o que está errado com a resposta que me deu. Tudo bem?

STEVE

Por quê? (O'BRIEN não responde. Então vemos STEVE concordar com a cabeça.)

O'BRIEN

Você conhecia James King?

STEVE

Não?

CORTA PARA: O'BRIEN virando o copo para baixo.

STEVE

Sim, por alto.

CORTA PARA: O'BRIEN virando o copo para cima.

O'BRIEN

Quando foi a última vez que você falou com ele antes do assalto?

STEVE

No verão passado?

CORTA PARA: O'BRIEN virando o copo para baixo.

STEVE

Não sei com certeza. Quer dizer, ele não é um cara com quem eu falo muito.

CORTA PARA: O'BRIEN virando o copo para cima.

ENTÃO: A câmera vai se afastando gradualmente dos dois. Vemos outros prisioneiros e advogados entrando na sala. Não ouvimos as perguntas de O'BRIEN nem as respostas de STEVE, mas vemos O'BRIEN virando o copo.

FADE OUT.

FADE IN: INTERIOR: CELA à noite. Mal conseguimos ver as silhuetas dos detentos, dois deles dormindo no chão.

V. O. (DETENTO 1)

A promotora disse que eu estava mentindo. Eu quis perguntar o que ela esperava já que dizer a verdade me faria pegar 10 anos.

V. O. (DETENTO 2)

Quando eles te pegam e põem no sistema, não é a hora de fazer tudo certinho. Se tá no sistema, você tem que sair.

V. O. (DETENTO 1)

Qual é a verdade? Alguém aqui sabe qual é a verdade? Eu não sei qual é a verdade! A única verdade que eu sei é que não quero ficar aqui dentro com caras feios como você.

STEVE

Verdade é verdade. É o que você sabe que está certo.

V. O. (DETENTO 2)

Nada disso! Verdade é uma coisa de que você desistiu quando estava lá fora nas ruas. Ago-

O que eu estava fazendo?

ra estamos falando de sobrevivência. Falando de outra chance para respirar algum ar que outros cinco caras não estejam respirando.

V. O. (DETENTO 1)

Você sobe no banco das testemunhas e a promotora fala em procurar a verdade quando o que ela realmente quer dizer é que estão procurando um jeito de meter você na cadeia.

V. O. (**DETENTO** 3, gritando por ajuda)
Eu passei metade da minha vida preso, cara.
Cadê a minha vida? Cadê a minha maldita vida?

Ouvimos o som da descarga da privada quando a cena termina.

CORTA PARA: INTERIOR: CADEIA. STEVE está se vestindo para ir ao tribunal. Nós o vemos examinando sua mão, que está levemente inchada.

CORTA PARA: STEVE sentado na parte traseira da van. Segura as mãos na frente do rosto. As mãos estão tremendo.

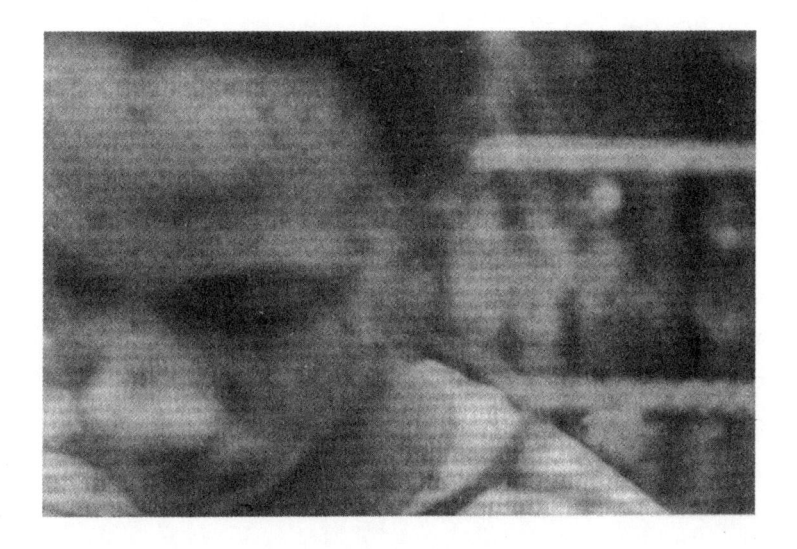

No que eu estava pensando?

CORTA PARA: STEVE no banco das testemunhas.

O'BRIEN

Sr. Harmon, o senhor atuou como vigia no assalto da loja de conveniência ou foi verificar a loja para que o assalto pudesse ser cometido com segurança?

STEVE

Não, eu não atuei assim.

O'BRIEN

Sr. Harmon, o senhor discutiu com alguém que atuaria como vigia ou que faria uma verificação da loja?

STEVE

Não, eu não discuti.

O'BRIEN

Sr. Harmon, o senhor estava na loja de conveniência cujo dono era o sr. Nesbitt, a vítima, no dia 22 de dezembro do ano passado?

STEVE

Não, não estava.

O'BRIEN

O senhor tem certeza do que um vigia deve fazer?

STEVE

Sim, tenho.

O'BRIEN

Uma última pergunta. O senhor esteve de alguma forma envolvido com o crime que estamos discutindo aqui? Para deixar claro — o senhor esteve, de alguma forma, envolvido com o assalto e o assassinato que ocorreram no dia 22 de dezembro?

STEVE

Não, não estive.

O'BRIEN

Sem mais perguntas.

CORTA PARA: PETROCELLI folheando seus papéis. Ela para ocasionalmente, olha para **STEVE** e faz um meneio. **PETROCELLI** recosta-se em sua cadeira e confronta **STEVE** por um longo intervalo. Então ela se levanta e vai para o pódio.

PETROCELLI

Sr. Harmon, o senhor conhece James King?

STEVE

Eu o conheço do bairro.

PETROCELLI

O senhor fala muito com ele?

STEVE

De vez em quando.

PETROCELLI

De vez em quando. Quando foi a última vez que falou com ele antes do assalto?

STEVE

Não sei exatamente, mas foi durante o ano letivo.

PETROCELLI

O senhor não falou com ele em dezembro?

STEVE

Acho que não, mas posso ter falado.

PETROCELLI

Qual é a resposta? O senhor pensa que não ou não se lembra?

STEVE

As duas coisas. Quer dizer, eu posso ter falado com ele, mas não conversamos sobre nada importante o suficiente para lembrar.

PETROCELLI

Sobre o que vocês conversam?

STEVE

Geralmente eu o vejo no parquinho de brinquedos. Talvez ela tenha dito algo como "Esses caras não sabem jogar bola", coisa assim.

PETROCELLI

"Esses caras não sabem jogar bola." O senhor alguma vez já o viu jogar bola?

STEVE

Não me lembro de tê-lo visto jogar bola.

PETROCELLI

O senhor está tendo problemas em se lembrar do que viu?

STEVE

Não, mas eu já vi um monte de jogos de bola. Eu assisto a muitos jogos.

PETROCELLI

O senhor está nervoso? Quer fazer uma pausa de alguns minutos?

STEVE

Não.

PETROCELLI

O senhor conversa com Bobo às vezes?

O'BRIEN

Protesto. Temos nos referido à testemunha como sr. Evans.

JUIZ

Aceito.

PETROCELLI

O senhor já falou com o sr. Evans?

STEVE

Posso ter dito "oi" para ele. Nunca tive uma conversa com ele.

PETROCELLI

O senhor costuma falar com o sr. Cruz? Osvaldo Cruz?

STEVE

Sim, ele tem mais ou menos a minha idade. Já conversei com Osvaldo.

PETROCELLI

Sobre o que o senhor conversou com o sr. Cruz?

STEVE

A mesma coisa, no máximo. Sobre jogar bola, ou sobre o tempo. Ou sobre o que está acontecendo no bairro.

PETROCELLI

O senhor ouviu o testemunho do sr. Evans dizendo que... Vamos colocar da seguinte maneira: o senhor ouviu o testemunho do sr. Evans de que o senhor saiu da loja de conveniência um pouquinho antes do assalto. Isso está certo?

STEVE

Eu ouvi o testemunho dele.

PETROCELLI

E está dizendo que foi apenas uma coincidência o fato de que o senhor estivesse saindo da loja naquele momento?

CORTA PARA: FLASHBACK de O'BRIEN virando o copo.

CORTA PARA: STEVE no banco das testemunhas.

STEVE

Eu não sei exatamente quando o assalto aconteceu, mas sei que não estive na loja de conveniência naquele dia.

PETROCELLI

Então o sr. Evans estava mentindo?

STEVE

Eu não sei o que ele estava fazendo, mas sei que eu não estive na loja de conveniência.

PETROCELLI

O senhor ouviu o sr. Cruz dizer que o senhor devia entrar e "verificar a loja" para ver se havia tiras. Isto está certo?

O'BRIEN

Protesto! Acredito que o testemunho foi de que disseram ao sr. Cruz que era esse o caso.

JUIZ

A senhora quer que o depoimento seja relido?

PETROCELLI

Vou retirar a pergunta do modo como foi feita. Sr. Harmon, o senhor se lembra de Osvaldo dizer que entendeu que o senhor seria o vigia?

STEVE

Eu o ouvi dizer isso.

PETROCELLI

E, segundo o senhor, o sr. Cruz também estava mentindo?

STEVE

Não, alguém pode ter dito isso a ele, mas eu sei que não estive lá.

PETROCELLI

Então ele deve ter mentido, está certo?

O'BRIEN

Protesto. A promotoria está solicitando uma interpretação.

PETROCELLI

Retiro. Sr. Harmon, o senhor diz que não esteve na loja de conveniência em nenhum momento no dia do assalto. Talvez possa nos dizer onde estava.

STEVE

Não sei exatamente onde eu estava quando aconteceu o assalto. A maior parte do dia fiquei andando por aí tomando notas mentais sobre lugares que eu queria filmar para um projeto de cinema na escola.

PETROCELLI

Bem, se o senhor não sabe exatamente onde estava, pode me dizer alguém que possa saber onde o senhor estava?

STEVE

Eu nem mesmo lembro onde estive. Quando os detetives me perguntaram onde estava, não consegui nem lembrar o dia do qual eles estavam falando. Eles só me perguntaram sobre isso algumas semanas depois.

PETROCELLI

Então como se lembra — como foi que o senhor disse? — de tomar notas mentais para um projeto de cinema na escola?

STEVE

Eu sei porque estava planejando fazer o filme no meu bairro durante as férias.

PETROCELLI

Voltando ao sr. King. O senhor o consideraria amigo ou conhecido?

STEVE

Conhecido.

PETROCELLI

E o sr. Cruz, amigo ou conhecido?

STEVE

Conhecido.

PETROCELLI

E o sr. Bobo Evans, amigo ou conhecido?

STEVE

Conhecido.

PETROCELLI

Então o senhor é conhecido de todo mundo envolvido neste assalto, isso é...

BRIGGS

Protesto! Ela sabe muito bem disso! Ela sabe muito bem disso!

JUIZ

Aceito. O júri vai desconsiderar a última pergunta. Não há ninguém envolvido neste caso até que o júri tome sua decisão. E, sim, srta. Petrocelli, a senhora sabe muito bem disso.

PETROCELLI (satisfeita)

Sem mais perguntas.

Vemos STEVE em pé, trêmulo, dirigindo-se de volta para a mesa da defesa. Ele olha para o público e vê seus pais. Sua MÃE força um sorriso e seu PAI fecha o punho e assente vigorosamente. Vemos STEVE sentar-se, começar a pegar um copo de água e ser obrigado a colocá-lo de volta porque sua mão está tremendo muito. O'BRIEN cruza a escrivaninha e escreve no bloco na frente de STEVE. Podemos ver o que ela escreveu: "Respire fundo".

O'BRIEN

A defesa chama George Sawicki.

CORTA PARA: CLOSE-UP de GEORGE SAWICKI.

O'BRIEN

Sr. Sawicki, o senhor conhece o réu sentado nesta mesa?

SAWICKI

Eu conheço Steve há três anos. Ele está no meu clube de cinema.

O'BRIEN

O senhor pode nos dar a sua opinião sobre o trabalho do sr. Harmon?

SAWICKI

Eu acho que ele é um rapaz extraordinário. É talentoso, inteligente e compassivo. Está muito comprometido em retratar seu bairro e seu ambiente de maneira positiva.

O'BRIEN

O senhor o considera um rapaz honesto?

SAWICKI

Com certeza.

O'BRIEN

Quando ele diz que estava tomando notas mentais para um filme, seria um filme para o seu clube?

SAWICKI

Sim.

O'BRIEN

Nada mais.

CLOSE-UP do SR. SAWICKI. Ele começa a deixar o banco, mas então é contido pelo JUIZ.

CORTA PARA: PETROCELLI

PETROCELLI

O senhor disse que é professor na escola do sr. Harmon. O senhor mora no bairro?

SAWICKI

Não, não moro.

PETROCELLI

Então, embora o senhor queira atestar o caráter dele, não seria justo dizer que o senhor não sabe o que ele faz quando vai para o seu bairro e o senhor vai para a sua casa?

SAWICKI

Não, não seria. As filmagens que ele faz me mostram o que ele está vendo e, em grande parte, o que está pensando. E o que ele vê, a humanidade ali contida, mostra um caráter muito forte.

PETROCELLI

O que ele estava fazendo na tarde de 22 de dezembro? Ele lhe mostrou um filme daquele dia?

SAWICKI

Não, não mostrou.

PETROCELLI

O senhor sente que a capacidade de fazer um filme significa que a pessoa é honesta?

                    SAWICKI

Acredito que para fazer um filme honesto, a pessoa tem de ser uma pessoa honesta. Eu diria isso. E eu acredito na honestidade do Steve.

                    PETROCELLI

O senhor gosta um bocado dele, não é?

                    SAWICKI

Sim, gosto.

                    PETROCELLI

Sem mais perguntas.

                    O'BRIEN

Harmon está satisfeito.

                    BRIGGS

King está satisfeito.

CORTA PARA: STEVE deitado na sua cama encharcado de suor. Ele tenta arduamente manter o ritmo da respiração. Vira a cabeça para a parede. Ergue uma mão e a deixa deslizar devagar pela parede verde-clara.

CORTA PARA: INTERIOR SALA DO TRIBUNAL. CLOSE-UP de JAMES KING. Ele olha em volta desajeitado enquanto BRIGGS sintetiza sua defesa.

V. O. (BRIGGS)

Então o que temos? Temos um homem que admite ter participado de um assalto acusando outro homem. E por que ele está fazendo essas acusações? A promotoria gostaria de fazê-los acreditar que trazer aqui o sr. Evans, esse tal de "Bobo", é sinal de um trabalho policial eficaz, o que dá ao sr. Evans a chance de demonstrar o grande cidadão que ele é. Mas não é verdade que o único motivo de ele estar aqui é simplesmente porque a polícia o prendeu por razões criminosas e lhe ofereceu um acordo caso acusasse outra pessoa? Não é essa a verdadeira história?

Será que alguém fica realmente surpreso que um homem capaz de assaltar uma loja de conveniência — e que admitiu ter feito exatamente isso —, que vende o resultado do saque — ele também admitiu isso — e que é pego com drogas — ele admitiu isso — tente conseguir uma pena mais leve testemunhando contra outra pessoa? Não está claro o caráter dele, se é que podemos chamar isso de caráter? Será que ele não provou com suas próprias admissões quem ele é? O que ele é?

A câmera recua para o PONTO DE VISTA do JUIZ. Vemos apenas o SR. e a SRA. HARMON de um lado da SALA DO TRIBUNAL, alguns estranhos do outro lado. A SALA DO TRIBUNAL está quase vazia. A câmera faz uma panorâmica até o MEIRINHO, que está examinando uma correspondência. Então até a ESTENÓGRAFA, que anota os procedimentos. Então para o OFICIAL DE JUSTIÇA, que está batendo cabeça, quase dormindo.

BRIGGS

O que eu submeto a vocês, senhoras e senhores do júri, é que o sr. Evans cometeu o erro de vender os cigarros que roubou durante o assalto. Foi ele quem disparou a arma? Eu não sei. Naturalmente ele diz que não foi ele. Se tivesse se sentado ali no banco das testemunhas e dito que fez o disparo, jamais teriam lhe oferecido o acordo que conseguiu. A única saída para ele é olhar em volta e achar alguma outra pessoa para acusar. E é precisamente isso o que ele fez. Poderia ter escolhido qualquer outra pessoa do bairro. Metade dos rapazes daquela faixa etária está desempregada ou subempregada. Aconteceu de ele escolher o sr. King.

O Estado não apresentou uma testemunha do assassinato. Apresentaram uma testemunha, a srta. Henry, que diz ter visto o sr. King na loja. Onde estava sua cabeça naquele momento? Segundo seu próprio depoimento, estava na saúde e no bem-estar da sua neta. É possível que ela tenha cometido um erro? Evidentemente cometeu. Não que não tenha visto alguém na loja, mas quem foi que ela viu? Ela foi levada para a delegacia e apresentada a um conjunto de fotografias. Dessas fotografias ela escolheu, sob insistência da polícia, a do sr. King. Mas não escolheu essa foto de mil fotografias, ou mesmo de 50 fotografias. Foi-lhe mostrado um punhado de fotos e ela foi solicitada a escolher uma. Mais tarde, quando teve de selecionar alguém de uma fila de identificação, o que foi que fez? Identificou o homem que viu na loja de conveniência ou o homem que lhe foi mostrado nas fotografias? Isso cabe a vocês, júri, decidir. Ouvimos a sra. Moore testemunhar que James King esteve em sua casa na hora do incidente. Devemos assumir que toda pessoa relacionada com um acusado vai mentir? Não creio. A promotoria, a srta. Petrocelli, fez desfilar diante de vocês uma porção de reconhecidos criminosos, gente que participou de assaltos, comprou e vendeu bens roubados, o que quiserem. Ela lhes pediu que acreditassem neles. Aí pede a vocês que não acreditem na sra. Moore, que nunca cometeu um crime na vida. Pensem nisso. Se encontrarem essas pessoas na rua, em quem acreditariam, em quem confiariam?

Quanto a Osvaldo Cruz, ele está colocando a máxima distância possível entre si e este crime. Tudo o que deveria fazer era ficar do lado de fora e derrubar uma lata de lixo na frente de um eventual perseguidor. Mas não houve perseguidor, porque o sr. Evans e quem quer que estivesse com ele — se de fato havia alguém com ele — garantiu isso. E pensem nisso: Lorelle Henry, que para todo mundo pareceu um ser humano decente, respeitadora da lei, testemunhou que havia dois homens na loja, dois homens envolvidos no assalto. E temos dois homens que admitiram sua participação. Digo a vocês que não há necessidade de ir além desses dois quando procurarem os perpetradores deste crime. Em última instância, este caso trata de acreditar em gente que admitiu sua participação neste crime e que está tentando salvar sua própria pele. Se acreditarem, como eu, que suas posições, seus caráteres declarados, podem contaminar seus testemunhos a ponto de que tudo o que dizem estar dentro da área da dúvida razoável, então não lhes resta escolha a não ser considerar o sr. King inocente. E quando se afastarem do lamentável depoimento das testemunhas do Estado, não lhes resta mais nada da promotoria. Mais nada. Senhoras e senhores, no começo deste caso a promotora falou de monstros. Ela não só os encontrou, mas os trouxe aqui para testemunhar pelo Estado. Tenho fé em vocês, e fé no sistema judicial americano. E essa fé me leva a acreditar que a justiça neste caso exije mais provas do que viram. Acredito que a justiça exije que rejeitem o testemunho desses homens, levando suas histórias à área de profunda dúvida. Acredito que a justiça exije que concluam com um veredito de não culpado. Obrigado.

CORTA PARA: PONTO DE VISTA do JÚRI. A câmera segue O'BRIEN à medida que ela se move de um lado a outro diante do JÚRI. Atrás dela vemos a mesa da promotoria e as duas mesas da defesa. Mais ao fundo vemos a MÃE DE STEVE, sentada na beirada do assento.

O'BRIEN

Primeiro, eu gostaria de lhes agradecer pela sua paciência neste julgamento e pela sua atenção. Está claro para todo mundo envolvido neste caso que vocês manifestaram interesse nos procedimentos e mobilizaram suas mentes e seus corações para os testemunhos. Eu gostaria de rogar sua benevolência enquanto faço uma revisão desses testemunhos.

O testemunho mais importante, a razão de estarmos aqui, é a declaração do perito médico de que foi cometido um assassinato. Um homem está morto. Mas em nenhum lugar do depoimento do perito médico ele indica quem foi o responsável por esse assassinato. Isto cabe e vocês determinar. É uma tremenda responsabilidade. Foi testemunhado que a arma pertencia à vítima. Então não podemos rastreá-la até o assassino. Assim sendo, o que podemos fazer em relação à culpa ou inocência do meu cliente, Steve Harmon?

O Estado nem sequer sugere que ele estava na loja durante o assalto. E não sugere que foi sua arma que foi usada. O Estado não argumenta que em algum lugar, em algum momento, Steve se reuniu com alguém e concordou em participar deste assalto. No banco das testemunhas, Steve admitiu ter visto o sr. Evans na rua no seu bairro. Centenas, talvez milhares de pessoas viram o sr. Evans nas ruas do Harlem. Talvez centenas de milhares de pessoas. Isso não torna qualquer uma delas culpada de um crime. O Estado extraiu de Steve que ele falou com o sr. King sobre basquete. As conversas foram curtas e sem substância. Em nenhum momento o Estado estabeleceu qualquer conversa entre Steve e outra pessoa sobre um assalto. Pensem nisso por um minuto.

Sem nada que diga que Steve entrou em acordo com os assaltantes, do que ele seria acusado? Falar sobre basquete nas ruas do Harlem? Isso por acaso constitui crime? Não em qualquer publicação de direito que eu conheça. O Estado também apresenta o testemunho do sr.

Evans de que "entendeu" que Steve devia verificar a loja para ver se estava vazia. É mesmo? O Estado apresentou uma testemunha, uma testemunha que todos concordam não ter motivo para mentir. Lorelle Henry. A srta. Henry disse que estava na loja de conveniência quando o assalto começou. Se alguém devia assegurar que a loja estava vazia, ele ou ela fez um péssimo serviço.

Lembrem-se, foi o Estado que provou que a loja não estava vazia. E vocês se lembram do

sinal que o sr. Evans disse que recebeu? Ele disse que Steve saiu da loja e não fez nenhum sinal de que houvesse algo errado. Em outras palavras, não houve sinal. Qual é o significado disso? Bem, se tivesse havido um sinal, um polegar virado para cima, por exemplo, poderíamos esperar que alguém na vizinhança tivesse notado. Não só ninguém que tem algum interesse neste caso viu Steve Harmon fazendo um sinal, como Lorelle Henry, uma bibliotecária aposentada, nem sequer o viu dentro da loja. E, digam-me, quantos rapazes negros entraram naquela loja de conveniência naquele dia e saíram sem fazer nenhum sinal? Eram todos culpados de alguma coisa?

Vocês se recordam do depoimento do sr. Evans de que pararam para uma "beliscada rápida" depois de cometer o crime? E quem parou para a beliscada rápida? Vocês lembram? Permitam-me ler para vocês o depoimento do sr. Bobo Evans. (O'BRIEN pega suas anotações, ajeita os óculos e começa a ler.)

Sr. Evans: Pegamos uns cigarros e fomos embora.

Srta. Petrocelli: E então o que fizeram?

Sr. Evans: Então descemos até aquela lanchonete que vende frango na avenida Lenox, do outro lado da ponte. Traçamos umas iscas de frango e refrigerantes.

Srta. Petrocelli: Quem estava junto com vocês nessa hora?

Sr. Evans: Só eu e King.

(ELA tira os óculos e olha para o júri.) Onde estava Steve Harmon, o alegado vigia? Por que não houve testemunho de que o sr. Harmon recebeu parte do saque deste assalto? A única pessoa que conhecemos que lucrou foi Bobo Evans, e sabemos que ele teve lucro porque vendeu os cigarros!

O sr. Briggs já sugeriu que o principal motivo para os testemunhos do sr. Evans e de Osvaldo Cruz foi interesse próprio. Eles foram trazidos aqui não para responder pela sua participação, mas para o único propósito de testemunhar contra outros. Ambos entendem que o acordo que conseguiram depende de convenceram vocês de que há outras pessoas implicadas. O sr. Evans sugere que acreditava que o "atirador" lhe disse algo sobre alguém verificar a loja. Mas vamos dar uma olhada na confiabilidade do testemunho do sr. Evans. Foi cometido um assalto; um homem foi brutalmente assassinado. Esse assassinato é a chave daquilo de que tratam estes procedimentos, não os cigarros roubados, e vocês entendem isso. Mas ainda assim o sr. Evans sai por aí vendendo os cigarros que o ligam ao crime! Será que ele acha que essa foi uma jogada esperta? Ou será que ele é um homem superficial, ingênuo, que não pensa muito sobre nada? Quem entre nós assiste a um homem morrer numa loja e então sai para uma beliscada rápida a alguns quarteirões apenas de distância? Será ele um homem que podemos confiar que esteja dizendo a verdade sobre alguma coisa? Eu não acredito nele. Vocês acreditam?

Ao repassar as minhas notas ontem à noite, deparei com uma pergunta. É obrigação da promotoria trazer à justiça todos os participantes de um crime, e então a srta. Petrocelli trouxe todo mundo que ela acredita que possa estar envolvido para este tribunal. Mas por que, se Steve Harmon é inocente, o sr. Evans haveria de querer prejudicá-lo? Isso me incomodou um bocado. Mas então pensei de novo sobre quem era o sr. Evans. Ele não tinha nenhum problema em assaltar um homem inocente, o sr. Nesbitt. Vocês o viram testemunhar. Ele pareceu estar um pouco incomodado pelo fato de ter deixado um homem morto? Para o sr. Evans, tudo o que o sr. Nesbitt representava era um "golpe". E isto também é o que Steve Harmon é para ele. O sr. Evans — Bobo — está perfeitamente disposto a deixar Steve Harmon jogado no chão apodrecendo numa cela de prisão. A única coisa que Steve Harmon é para o sr. Evans é outro "golpe".

Finalmente, vamos chegar ao caráter de Steve Harmon. (Vemos O'BRIEN parar e tomar um gole de água. Então a vemos caminhar para junto de STEVE.)

Quero que vocês pensem sobre seu caráter em oposição ao caráter das testemunhas do Estado. Vocês o viram no banco das testemunhas. Ele respondeu às perguntas aberta e honestamente, como faria qualquer outro jovem da sua idade. A srta. Petrocelli perguntou-lhe se ele estava nervoso. Vocês se lembram disso? A implicação era que, se ele estivesse nervoso, significava que tinha alguma coisa a esconder. Eu digo a vocês, os jurados deste caso, que vocês, também, teriam tido algum grau de nervosismo. Ele está num julgamento pela sua vida! Está enfrentando a possibilidade de passar a juventude inteira atrás das grades! Naquelas circunstâncias eu teria ficado chocada se ele não estivesse nervoso. O Estado fez desfilar perante vocês testemunha após testemunha que, como elas próprias admitiram, depuseram ou para sair da cadeia ou para evitar ir para a cadeia ou, no caso do sr. Zinzi, para evitar ser sexualmente molestado. Pensem no caráter de Steve Harmon em contraste com o de Bobo Evans. Comparem Steve

Harmon com o sr. Zinzi, outra das testemunhas do Estado. Comparem-no com o sr. Cruz, que admitiu ter tomado parte nesse crime, que admitiu que para tornar-se membro da sua gangue teve de cortar a face de um estranho.

Existe uma dúvida razoável quanto à culpa de Steve Harmon? Penso que a dúvida foi estabelecida quando Lorelle Henry não identificou Steve como tendo estado na loja. E foi reforçada por cada testemunha que o Estado trouxe para o banco.

Cabe a vocês, o júri, encontrar culpa onde há culpa. E cabe também a vocês absolver quando a culpa não foi provada. Para mim não há dúvida de que neste caso, em relação a Steve Harmon, a culpa não foi provada. Estou lhes pedindo, em nome de Steve Harmon e em nome da justiça para considerar cuidadosamente toda a evidência que ouviram durante esta última semana. Se o fizerem, estou segura de que voltarão com um veredito de não culpado. E essa será a coisa certa a fazer. Obrigada.

PLANO MÉDIO: PETROCELLI do PONTO DE VISTA do JÚRI. Atrás dela vemos a mesa da promotoria e as duas mesas da defesa. Vemos os dois advogados de defesa observando atentamente. Nem STEVE nem KING estão virados diretamente para a câmera.

PETROCELLI

Eu gostaria de lhes agradecer pela atenção neste julgamento. A defesa acabou de lhes dar a sua versão dos fatos neste caso, e agora é a vez do Estado.

Quero começar restabelecendo o foco do caso. A defesa quer que vocês entrem na sala do júri pensando que este caso trata do caráter do sr. Zinzi, que testemunhou ter ouvido uma história sobre alguém que roubou cigarros. Não se trata do caráter dele. A defesa quer que vocês pensem que este caso trata do caráter do sr. Bolden, que comprou os cigarros. Não se trata do caráter dele. A defesa quer que vocês considerem o caráter de Osvaldo Cruz. Mas este caso não é sobre se o sr. Cruz é alguém que convidaríamos para uma festa ou teríamos como amigo. A defesa quer que se aprofundem no caráter de Richard "Bobo" Evans. Ele não é um homem bacana, dizem eles, e então vocês devem desconsiderar seu testemunho. Mas este caso não trata do caráter de nenhuma dessas testemunhas. Este caso trata de um crime que foi cometido no dia 22 de dezembro, quando um homem inocente, Alguinaldo Nesbitt, foi brutalmente assassinado. Não sei que tipo de homem era o sr. Nesbitt, mas sei que ele não merecia ser morto em sua loja e deixado estirado no chão enquanto seus assassinos beliscavam uma comidinha numa lanchonete. Este caso não trata dos caráteres de Zinzi, Bolden, Cruz ou Evans; trata do direito de viver do sr. Nesbitt, do direito de gozar os frutos do seu trabalho. Trata do direito que todos nós temos à vida, à liberdade e à busca da felicidade. O argumento do Estado é que ninguém tem o direito de nos privar da preciosa dádiva que é a vida. É o argumento do Estado e também é a lei do país.

Muito se disse sobre a motivação de algumas das testemunhas. Elas depuseram, de acordo com a defesa, apenas porque receberam redução em sua sentença. Portanto, a defesa quer levá-los a acreditar que, de algum modo, seu testemunho é falso. Bem, vamos reexaminar esses testemunhos e descobrir.

CORTA PARA: CLOSE-UP do JUIZ. Ele está tomando notas.

CORTA PARA: PLANO MÉDIO de PETROCELLI do PONTO DE VISTA DO JUIZ.

O sr. Bolden testemunhou que recebeu cigarros roubados do sr. Evans. Sabemos que os cigarros foram roubados da loja. José Delgado, o funcionário da loja, testemunhou que os cigarros foram roubados. Em outras palavras, o sr. Delgado confirma o testemunho do sr. Bolden. Ele teve uma redução na sua pena? Ou estava simplesmente dizendo a verdade? Notaram que nenhum dos advogados de defesa questionou o caráter do funcionário ou sequer o mencionou? Eles querem que vocês o esqueçam.

O sr. Evans testemunhou que esteve realmente dentro da loja de conveniência, sendo parte ativa no assalto. Ninguém questionou isso. Ele também coloca o sr. King na loja com ele no dia 22 de dezembro. Esse testemunho foi respaldado por Lorelle Henry — Lorelle Henry, que tinha ido à loja de conveniência para comprar remédios para sua neta. Ela teve alguma redução na sua pena? Ou estava meramente dizendo a verdade? Quando a defesa fala de caráter, cuidadosamente passa por cima do caráter de Lorelle Henry.

O sr. Evans também testemunhou que, quando chegou à cena, viu Osvaldo Cruz ali. Esse testemunho foi confirmado pelo sr. Cruz. "Sim, eu estava lá", testemunhou o sr. Cruz. "Sim, participei deste assalto." Temos três testemunhas para o fato de que James King estava na loja em 22 de dezembro: o sr. Evans, o sr. Cruz e a sra. Henry.

O sr. Evans testemunhou que eles não tinham uma arma mas que pretendiam pegar o dinheiro do sr. Nesbitt usando força física. Disse que o sr. Nesbitt pegou uma arma que lhe pertencia. Vocês ouviram o funcionário da prefeitura testemunhar que a arma usada para matar o sr. Nesbitt estava registrada em seu nome. Será que o funcionário da prefeitura, que confirmou o testemunho do sr. Evans, obteve uma redução de pena? A defesa atacou o seu caráter? Não, a única coisa que podiam fazer era ficar sentado e escutar a verdade.

Outro fato que a defesa optou por não abordar é a venda dos cigarros. A venda dos cigarros ao sr. Bolden, um fato jamais questionado seriamente pela defesa, junto com o verificado roubo de cigarros da loja, também sugere que o sr. King estava presente no estabelecimento durante o assalto e o assassinato. O sr. Briggs, que representa James King, sugere que o sr. Evans estava sozinho na loja, ou talvez com Osvaldo Cruz. Mas Lorelle Henry identificou o sr. King como o homem que viu na loja de conveniência. Temos aqui uma mulher negra, desconfortável com o seu papel de identificar um jovem negro, que ainda teve a coragem de testemunhar perante vocês e identificar positivamente o sr. King. A teoria do sr. Briggs simplesmente não funciona. O que funciona é a teoria do Estado sobre o que aconteceu, confirmada por todas as testemunhas. O sr. Harmon deu o sinal de tudo limpo, e Bobo Evans e James King entraram na loja para assaltar o sr. Nesbitt. Quando o sr. Nesbitt tentou se defender, a arma foi tirada dele e ele foi baleado por aquele homem, sentado bem ali **(Ela aponta para King)**, e morto. A srta. O'Brien sugere que se o sr. Harmon tivesse realmente examinado a loja para os assaltantes, teria visto a sra. Henry. Em outras palavras, teria sido um vigia melhor. Bem, talvez ele não tivesse muita experiência em ajudar a assaltar lojas de conveniência. Devemos sentir pena dele? Tendo isso em conta, será que o sr. King e o sr. Evans são tão bem-sucedidos nas suas atividades criminosas? Esse foi um assalto fracassado no qual os perpetradores efetivamente levaram muito pouco dinheiro e alguns pacotes de cigarro. E, ah, sim, a vida de um bom homem, Alguinaldo Nesbitt.

Se alguém não acredita que o sr. King estava na loja, se acredita que Osvaldo cruz, Lorelle Henry e Bobo Evans estão todos mentindo, então a venda dos cigarros para o sr. Bolden não significa nada, e não devem considerá-lo culpado. Não creio que isso seja possível. Se alguém que considere este caso acredita que a loja não foi examinada de antemão, que o sr. Harmon estava simplesmente "por acaso" na loja de conveniência, embora ele diga que não se lembra de onde estava, então não devem considerá-lo culpado. Também não creio que isso seja possível. A verdade é que Bobo Evans participou de um crime com o sr. Cruz, o sr. King e o sr. Harmon.

Eles são todos igualmente culpados. Aquele que roubou os cigarros, aquele que lutou para pegar a arma, aquele que examinou o lugar para ver se o território estava livre. O que teria acontecido se o sr. Harmon tivesse saído daquela loja, ido até o sr. King e dito: "Há alguém na loja"? Talvez tivessem ido a algum outro lugar para executar o seu "golpe", ou talvez tivessem simplesmente desistido e ido para casa. Steve Harmon fazia parte do plano que causou a morte de Alguinaldo Nesbitt. Posso imaginá-lo tentando distanciar-se do fato. Talvez, de alguma forma estranha, ele possa até dizer, conforme sugeriu sua advogada, que pelo fato de não ter feito sinal de positivo, ou qualquer outro sinal, ele tenha andado com sucesso na corda bamba que o alivia da responsabilidade nesta questão. Mas Alguinaldo Nesbitt está morto, e sua morte foi causada por esses homens.

O advogado do sr. King quer distanciar seu cliente do assassinato atacando o caráter das testemunhas do Estado. Mas o fato é que o sr. Evans é comparsa do sr. King. Se ele tivesse escolhido padres e escoteiros como companheiros, tenho certeza de que não estaria aqui hoje. Mas o sr. King não pode se distanciar do fato — o frio e duro fato — de que um homem está morto por causa dele.

O sr. Harmon quer que olhemos para ele como um aluno do ensino médio e cineasta. Quer que pensemos, bem, ele não puxou o gatilho. Ele não lutou fisicamente com o sr. Nesbitt. Ele quer que acreditemos que pelo fato de não ter estado na loja enquanto o assalto foi executado não esteve envolvido. Mais uma vez, talvez ele tenha até mesmo se convencido de que não se envolveu.

Mas, sim, o sr. Harmon está envolvido. Ele tomou uma decisão moral de participar desse "golpe". Ele queria "ser pago" como todo mundo. Ele é tão culpado quanto os outros, não importa quantas distinções sutis ele consiga fazer. A sua participação facilitou o crime. A sua disposição de verificar a loja, não importa que o tenha feito extremamente mal, foi um dos fatores que resultaram na morte do sr. Nesbitt. Nenhum de nós pode trazer o sr. Nesbitt de volta. Nenhum de nós pode devolvê-lo à sua família. Mas vocês, 12 cidadãos do nosso estado, da nossa cidade, podem trazer uma medida de justiça para esses assassinos.

E isso é tudo o que eu peço de vocês: examinem seus corações e suas mentes e tragam essa medida de justiça. Obrigada.

CORTA PARA: EXTERIOR SALA DO TRIBUNAL. As portas do tribunal vão se fechando à medida que a câmera se aproxima delas. A porta é empurrada e se abre, vemos o INTERIOR da SALA DO TRIBUNAL. Vemos o JÚRI voltado para o JUIZ, que fala em tom calmo, quase paternal. Ouvimos a sua voz à medida que a câmera parece se ajustar a um assento. STEVE, sentindo que chegou um amigo, vira-se e tenta sorrir para o SR. SAWICKI, mas não consegue controlar o seu nervosismo.

Olhamos em torno da SALA DO TRIBUNAL enquanto a voz do JUIZ oscila entre audível e não audível.

JUIZ

Se acreditam que o sr. King foi participante do assalto, tenha ou não efetivamente puxado o gatilho, devem trazer um veredito de culpado. Se acreditam... **(Voz vai sumindo.)**

CORTA PARA: Retrato de George Washington pintado por Stuart na parede da direita.

CORTA PARA: Bandeira do estado de Nova York. Depois: Bandeira dos Estados Unidos.

CORTA PARA: Lema estampado na parede atrás da mesa do juiz.

JUIZ

... que o sr. Harmon entrou sim na loja com o propósito de... (Voz some) sem considerar quem efetivamente puxou o gatilho...

CORTA PARA: Mural na parede.

CORTA PARA: JÚRI.

CORTA PARA: CLOSE-UP do JUIZ.

JUIZ

Então devem apresentar um veredito de culpado de homicídio qualificado.

Câmera, do PONTO DE VISTA da MÃE DE STEVE, percorre rapidamente a sala, parando por alguns momentos naqueles símbolos que preenchem a SALA DO TRIBUNAL. Durante todo esse tempo as últimas palavras do JUIZ são repetidas.

JUIZ

Então devem apresentar um veredito de culpado de homicídio qualificado.

Então devem apresentar um veredito de culpado de homicídio qualificado.

Então devem apresentar um veredito de culpado de homicídio qualificado...

FADE OUT

FADE IN: STEVE na CELA. Pela primeira vez JAMES KING está na cela com ele. KING está encostado na parede, ainda vestido com as roupas que usou no tribunal.

KING

Como você está? Com medo?

STEVE

Estou. E você?

KING (desanimado)

Não, não adianta nada. Se o homem quer pegar você, ele pega. Não adianta nada, cara.

GUARDA

Ei, estamos aqui fazendo um bolão de apostas. Eu aposto que vocês pegam perpétua sem possibilidade de condicional. Os caras do bloco ao lado acham que vocês pegam de 25 a perpétua. Querem entrar no bolo?

CORTA PARA: STEVE, que desvia o olhar e enterra o rosto nas mãos.

CORTA PARA: GUARDA dando um sorriso tolo.

GUARDA

Isso é um sim ou um não?

CORTA PARA: Dois **RAPAZES**, algemados juntos, sendo levados para a cela ao lado. Um parece aterrorizado. O outro se exibe, tentando parecer durão.

GUARDA

Se esforcem para me tratar bem, e darei uma palavrinha a favor de vocês em Greenhaven. Talvez consiga arranjar um namorado da pesada pra vocês.

CORTA: STEVE no **REFEITÓRIO**. Ele evita olhar para **KING**. Há um empurra-empurra no lugar onde está sentado. Um detento estende o braço e pega a carne de STEVE com o garfo. STEVE olha para cima e vê o sujeito olhando para ele com ar de ameaça. Baixa os olhos para sua bandeja.

CORTA PARA: STEVE na CELA. Fora da cela há um relógio na parede com uma proteção de arame por cima. O ponteiro dos segundos se move devagar.

CORTA PARA: DETENTOS curtindo um jogo de dominó como se estivessem longe da prisão, num ambiente amistoso.

Sexta-feira à tarde, 17 de julho

Ontem à noite, fiquei com medo de dormir. Era como se fechar os olhos fosse causar a minha morte. **Não há mais nada a fazer.** Não há mais argumentos a dar. Agora eu entendo por que tantos caras que passaram por isso antes, que ficaram presos, continuam falando de apelações. **Eles querem continuar a discussão, mas o sistema já disse que acabou.**

Meu caso toma conta de mim. Quando saí do tribunal depois das instruções do juiz ao júri, vi **mamãe agarrada ao braço do meu pai.** Havia um olhar de **desespero** no rosto dela. Por um instante senti pena, mas não sinto mais. A única coisa em que consigo pensar é no meu caso. Escuto os caras falando de apelações e já estou planejando a minha.

Cada palavra que foi dita no tribunal está gravada no meu cérebro.

"Steve Harmon tomou uma decisão moral", disse a srta. Petrocelli.

Penso em dezembro do ano passado. Qual foi a decisão que tomei? De andar pelas ruas? De levantar de manhã? De falar com King? Que decisões eu tomei? Que decisões não tomei? Mas eu não quero pensar em decisões, só quero pensar no meu caso. Nada é real ao meu redor, exceto o pânico. O pânico e os filmes que dançam na minha mente. Fico editando todos, acertando as cenas. Afiando os diálogos.

"Um golpe? Eu não dou golpes", digo no filme em minha cabeça, o queixo virado levemente para cima. "Eu sei o que é certo, o que é verdade. Eu não ando na corda bamba, nem na moral nem em qualquer outra."

Ponho cordas de fundo. Violoncelos. Violas.

GUARDA

King! Harmon! Saiu o veredito de vocês! Vamos lá!

CORTA PARA: SALA DO TRIBUNAL, agora lotada. O'BRIEN está conversando com o JUIZ. Ela termina e se senta ao lado de STEVE.

O'BRIEN

Eles chegaram a um veredito nesta manhã. Só estavam esperando a família Nesbitt chegar.

STEVE

O que você acha?

O'BRIEN

Eles têm um veredito. Espero que seja o que queremos ouvir. Não importa o que seja, podemos continuar com o seu caso. Podemos apelar. Você está bem?

STEVE

Não.

JUIZ

Está todo mundo aqui? Está todo mundo aqui?

                    MEIRINHO

Acho que sim.

                      JUIZ

A promotoria está pronta?

                   PETROCELLI

Pronta.

                      JUIZ

Defesa?

CORTA PARA: CLOSE-UP de O'BRIEN

Pronta.

O'BRIEN

CORTA PARA: CLOSE-UP do JUIZ

JUIZ

Façam o júri entrar.

Tomada geral muito lenta enquanto as PALAVRAS sobem pela tela como no começo.

Esta é a verdadeira história de Steve Harmon. Esta é a história da sua vida e do seu julgamento.

(Vemos os membros do júri tomando os seus lugares nos bancos dos jurados.)

Não foi algo que ele esperava. Não foi a vida ou *a atividade* que ele pensava *que preencheria cada pedacinho da sua alma ou que mudaria o significado da vida para ele.*

(O JUIZ lê os vereditos e os entrega ao OFICIAL DE JUSTIÇA enquanto os GUARDAS se postam atrás dos RÉUS.)

Ele transcreveu as imagens e *conversas como se lembra delas.*

A cor começa a sumir enquanto o LÍDER DO JÚRI lê o veredito. Dois GUARDAS começam a colocar algemas em JAMES KING quando tudo vira preto e branco. Fica claro que o JÚRI o considerou culpado. Vemos KING sendo levado embora da SALA DO TRIBUNAL.

Vemos o LÍDER DO JÚRI continuando a ler.

CORTA PARA: CLOSE-UP da MÃE DE STEVE. Nós a vemos apertando desesperadamente as mãos diante de si, a face distorcida pela tensão do momento, e de súbito, dramaticamente, ela ergue as mãos para o alto e fecha os olhos.

CORTA PARA: Os GUARDAS postados atrás de STEVE afastando-se dele. Ele foi considerado inocente. STEVE vira-se para O'BRIEN enquanto a câmera fecha e a película fica mais granulada. STEVE abre os braços para abraçar O'BRIEN, mas ela se enrijece e vira-se para pegar seus papéis sobre a mesa diante deles.

CORTA PARA: CLOSE-UP de O'BRIEN. Seus lábios estão tensos; ela está pensativa. Junta os papéis e se afasta de STEVE, que, ainda de braços abertos, vira-se para a câmera. Sua imagem está em preto e branco, e a película, bastante granulada. Parece uma das figuras que usam para testes psicológicos, ou alguma fera estranha, um monstro.

A imagem congela enquanto as últimas palavras sobem e param no meio da tela.

Um filme de Steve Harmon

Dezembro, 5 meses depois

Faz cinco meses que aconteceu o julgamento, quase um ano, menos alguns dias, desde o assalto na loja de conveniência. **James King foi condenado a 25 anos à perpétua.** Osvaldo foi preso por roubar um carro e mandado para um reformatório. Até onde sei, Bobo ainda está na cadeia.

Minha mãe não entende o que estou fazendo com todos esses filmes. Eu venho fazendo gravações de mim mesmo. Nos filmes, eu **digo à câmera quem eu sou, o que penso de mim.** Às vezes eu monto a câmera do lado de fora e ando na direção dela vindo de diferentes ângulos.

Às vezes eu monto a câmera na frente de um espelho e filmo meu reflexo. Visto diferentes roupas e às vezes tento mudar minha voz. Jerry gosta de usar a câmera, e eu o deixo me filmar também. O que quer que eu faça agrada a minha mãe, porque estou aqui com ela, e não metido numa cadeia.

Depois do julgamento, **meu pai, com lágrimas nos olhos,** me segurou bem perto dele e disse que estava grato por eu não ir para a cadeia. **Ele se afastou, e a distância entre nós pareceu ficar cada vez maior.**
Eu entendo a distância. **Meu pai não tem mais certeza de quem sou.** Ele não entende nem

que eu chegue a conhecer gente como King, Bobo ou Osvaldo. Ele se pergunta o que mais não sabe.

É por isso que faço os filmes de mim mesmo. Eu quero saber quem eu sou. Quero conhecer a estrada de pânico que peguei. Quero olhar para mim mesmo mil vezes para buscar uma imagem verdadeira. Quando a srta. O'Brien olhou para mim, depois que tínhamos ganho o caso, o que foi que ela viu que a fez virar-se para o outro lado?

O que foi que ela viu?

monstro

Walter Dean Myers escreveu mais de 100 livros — ficção, não ficção e poesia para jovens. Recebeu vários prêmios pela sua contribuição para a literatura de jovens adultos. Americano, cresceu no Harlem e viveu com sua família em Nova Jersey até a sua morte em julho de 2014.

Christopher Myers é graduado pela Universidade Brown e completou o Programa de Estudo Independente do Museu Americano de Arte. Esta terceira obra em colaboração com seu pai segue o Livro de Honra Caldecott de 1997, *Harlem*. Christopher Myers vive na cidade de Nova York.